ANÔNIMOS

SILVIANO SANTIAGO

ANÔNIMOS

CONTOS

Rocco

Copyright © 2010 *by* Silviano Santiago

Direitos desta edição reservados à
EDITORA ROCCO LTDA.
Av. Presidente Wilson, 231 – 8º andar
20030-021 – Rio de Janeiro, RJ
Tel.: (21) 3525-2000 – Fax: (21) 3525-2001
rocco@rocco.com.br
www.rocco.com.br

Printed in Brazil / Impresso no Brasil

PROJETO GRÁFICO DE CAPA E MIOLO
Fatima Agra

IMAGEM DE CAPA
Kiki Smith, cortesia The Pace Gallery
Messenger III, 2008 / fotografia de Joerg Lohse

CIP-Brasil. Catalogação na fonte.
Sindicato Nacional dos Editores de Livros, RJ.

S226a

Santiago, Silviano, 1936-
    Anônimos / Silviano Santiago. – Rio de Janeiro:
Rocco, 2010.

    ISBN 978-85-325-2581-9

    1. Conto brasileiro I. Título.

10-2701   CDD – 869.93
                                  CDU – 821.134.3(81)-3

Para
Sara Marta

Je dis je en sachant que ce n'est pas moi. [1]

SAMUEL BECKETT, *L'innommable*

A combined sensation of having the whole universe entering you and of yourself wholly dissolving in the universe surrounding you. It is the prison wall of the ego suddenly crumbling away and the non-ego rushing in from the outside to save the prisoner who is already dancing in the open. [2]

VLADIMIR NABOKOV, ao definir "inspiração"
(*vorstog* arrebatamento inicial).

---

[1] Digo eu sabendo que não se trata de mim.

[2] Uma sensação combinada de ter o universo inteiro adentrando-se por você e de você mesmo dissolvendo-se no universo circundante. É a parede da prisão do ego desmoronando-se de vez e o não ego precipitando-se de fora para dentro a fim de salvar o prisioneiro – que já está dançando ao ar livre.

SUMÁRIO

Nove contos

1. Calendário *11*
2. Frescobol *21*
3. Multa *51*
4. Modesto *75*
5. O anjo *93*
6. Dezesseis anos *107*
7. Chester *125*
8. Separação *131*
9. Cervical *153*

e uma homenagem

10. Ceição Ceicim *177*

CALENDÁRIO

Ao descobrir que não sabia mais como conduzir o dia a dia, inventei o *Calendário das ocasiões pessoais*, a que recorro com a frequência ditada por ele. Tinha desaprendido de viver e era preciso reaprender.

O percurso rotineiro dos dias da semana, que se unem em mês e, depois, em ano, não mais se assemelhava à pista asfaltada para a corrida dos cem, duzentos ou mil e quinhentos metros, à espera do corredor em dia de treino ou de competição. A cada nova manhã, a caminhada cotidiana despontava como igualzinha a uma maratona com inesperadas e intransponíveis barreiras dispostas pelo trajeto a ser percorrido. Os sucessivos obstáculos não extinguiam minha sede de vida; serviam, antes, para demonstrar como tropeço bem e melhor me estatelo no chão.

Com a recente invenção do *Calendário das ocasiões pessoais* e a ainda minguada experiência adquirida pelo seu bom uso, aprendi a me levantar, sacudir a poeira e dar a volta por cima. Sentia-me refortalecido o bastante para, no dia seguinte, encarar os próximos e imprevisíveis obstáculos.

A invenção do calendário alternativo tivera como causa a falta de horizonte decorrente da fadiga diária.

Os mais novos não se lembram de Emil Zátopek e das Olimpíadas de 1952. Nos jogos olímpicos daquele ano, a *locomotiva* tcheca – como Emil era apelidado pelos jornalistas do mundo inteiro – ganhou os cinco e os dez mil metros e, de lambuja, levou de vencida a maratona. Três medalhas olímpicas e o estrondoso sucesso junto à juventude do mundo inteiro. No ano seguinte, ao sagrar-se vencedor da Corrida de São Silvestre, a locomotiva humana colocou São Paulo no mapa do atletismo internacional.

Apesar de tê-lo eleito mentor, não o imitava no percurso pelas ruas, avenidas e praças de São Paulo, ou da cidade onde moro. Nosso dueto, ou duelo, é apenas metafórico e dele sempre saio vencido.

Você precisa ver o enorme pôster de Emil Zátopek que afixei na parede da salinha de visitas do apartamento. Autêntico altar religioso.

Trata-se dum retrato 3x4 do fundista, ampliado a dimensões de pôster. Na parte inferior, numa pequena foto quadrada superposta à grande foto retangular, está reproduzida a imagem em corpo inteiro do atleta, no momento em que transpõe a linha de chegada na maratona de 1952, realizada em Helsinque. No cartaz, a cor predominante é a vermelho-fúcsia, sentimentalmente soviética nos velhos tempos da Guerra Fria. Na pequena foto, vermelho rubro é a cor da camisa do corredor, que ostenta o número 903. Voltada para trás, a cabeça equilibra o peito estufado. Destacam-se os olhos determinados e vibrantes e o queixo proeminente de boêmio, a esmurrar o vento com *punch* certeiro. São de lutador de boxe os braços musculosos e dobrados, com as mãos cerradas. A perna direita em linha quase reta é secundada pela esquerda, que se dobra em V. Quando foi surpreendido pelo fotógrafo, Zátopek vinha zunindo pela pista.

Pelas manhãs, antes de sair de casa, fico contrito diante das imagens gloriosas do maratonista e elevo minhas preces aos doze deuses olímpicos.

Em letra de imprensa, abaixo do retrato 3x4 ampliado, está a frase que o tcheco proferiu antes da Olimpíada de 1956, na Austrália: "Men, today we die a little." Releio as palavras que marcaram a primeira grande derrota da *locomotiva* tcheca (chegou em sexto lugar na competição e pouco depois abandonou o esporte) e as repito várias vezes, em imitação duma ladainha que corre pelo apartamento, desacompanhada da voz em eco dos torcedores.

Como a frase fora traduzida do tcheco para o inglês pelo designer do pôster, julguei justo levantar hipóteses para a boa versão ao português. Rabisquei-as no cartaz com caneta pilot de tinta preta:

"Oh, camaradas, hoje avançamos um pouco para a morte."

"Humanos que somos, morremos aos poucos na maratona do dia a dia."

"Nós, fundistas, morremos um pouco a cada passo."

"Oh, deuses do Politburo, salvem-nos do angustiado fracasso da corrida final."

Há outras possibilidades de tradução. Deixo-as em aberto, à espera do momento em que venha a aparecer um conhecedor da língua tcheca, capaz de desencavar a frase original em algum jornal da época e bem vertê-la à última flor do Lácio, inculta e bela.

Para recobrir a imagem de estrangeiro famoso, os gringos ao norte das Américas são especialistas em inventar slogan na língua de Shakespeare. Na minha infância, colecionei cartazes de Carmem Miranda, onde se lia "The Brazilian bombshell". A pessoa excepcional existe para virar foto, ainda que caricata, e frase definitiva, de fácil reprodução pelo povo. Lembre-se, ainda, das imagens do rei Pelé e do desafinado Tom Jobim, para não mencionar o famoso pôster de Bin Laden, onde está inscrito o número de baixas que a CIA inventa e divulga para a imprensa, a fim de justificar a guerra global ao terrorismo.

A legenda no pôster do presidente Bush filho seria um pouquinho diferente da de Zátopek: "States like these, and their terrorist allies, constitute an *axis of evil*, arming to threaten the peace of the world."

Aí vai minha pobre tradução para a língua lusitana:

"Parceiros do eixo do bem, graças ao Deus todo-poderoso dos cristãos, sacrificamos no dia de hoje um número bem maior de muçulmanos."

Invenção por invenção, quero patentear a minha recente e, quando viermos a nos encontrar pessoalmente, presenteá-la a você sob a forma de pôster.

O calendário das ocasiões pessoais.

Aí vai um primeiro exemplo.

Quando trabalho por nove dias consecutivos e estou à beira de tropeções infinitos nos próximos obstáculos da corrida, me suicido na manhã do décimo dia. No quarto de dormir, eu passo dia e noite suicidado e me ressuscito na manhã do décimo primeiro dia. Levanto-me lépido e revigorado, preparado para correr até a próxima barreira, ou melhor, até o próximo tropeção.

Meu calendário, já adivinhou, não comporta semana inglesa nem domingo pede cachimbo. Não sou empregado, sou patrão de mim mesmo. Autônomo, em termos de seguridade social.

O *décor* da cena de suicídio e a trama concomitante são simples e enfadonhos – o apartamento de sala e dois quartos, onde moro. Eles têm de ser simples e enfadonhos, pois, caso contrário, seriam *décor* e trama dum dia útil, quando fico à disposição dos obstáculos pela frente.

No décimo dia, levanto-me apenas para a higiene matinal. (Não faz sentido urinar ou defecar na cama.) No restante do dia e da noite, fico deitado, examinando o quarto, objeto bastante medíocre para a quantidade de horas em que é observado. É tão vulgar e simultaneamente tão estranho quanto o mundo lá fora. Já imagina: meu quarto de dormir se compõe duma porta de entrada e duma janela ao fundo, que dá para nenhuma paisagem, apenas para os fundos do edifício que complementa o meu no quarteirão. Tem teto e assoalho, quatro paredes e armário de roupas. Um único criado-mudo, onde repousa o telefone. No teto, um globo de luz, que fica apagado no Dia do suicídio. Às escuras e de olhos fechados, eu me ponho a escarafunchar os túneis subterrâneos da memória, à cata de velhos acontecimentos que avivem as horas paleolíticas ou monolíticas do suicídio.

Descobri que a condição de suicidado me aproxima à do faquir. Durante 24 horas, não tenho sede nem passo fome.

Não urino nem defeco. Sinto-me tão bem quanto num dia em que tomo café da manhã, trabalho, almoço, trabalho e janto, durmo. O décimo dia é de abstinência, como o dia a dia do faquir. Bem que gostaria que fosse dia de descanso propício ao aperfeiçoamento espiritual, como o domingo para os cristãos, o *shabbat* para os judeus ou o *salat-ul-juma* para os muçulmanos. Não é, mas a comparação ajuda a entender por que, no suicídio, inventei o recurso à memória. Memória é bicho caprichoso, tão caprichoso quanto o passeio dominical dos olhos pelos mil e um versículos da Bíblia Sagrada, da Torá ou do Alcorão.

Há pessoas que nascem com memória domesticada. Seus corredores são perfeitamente manuseáveis e repetitivos, semelhantes aos de mina abandonada de ouro ou de carvão mineral. Não é o meu caso. Caso você não tenha sido aquinhoado com o dom da memória submissa, aviso: não adianta tentar amansar a memória como a um potro selvagem, ou como a um cachorro de pedigree ou vira-lata. A minha, por exemplo, por mais que tenha passado pelas mãos de hábil treinador em haras e canil, continua puro capricho. Vivemos uma relação de bolero, dois pra lá, dois pra cá. De vez em quando o band-aid no calcanhar ganha vulto. Mas quem sou eu para expor aos curiosos e intrigantes a ferida que o band-aid esconde? T'esconjuro! Como é dia de suicidado, logo me canso de imaginar a monotonia do corpo no dois pra lá, dois pra cá.

O recurso à memória é antes de mais nada um truque para fazer o tempo passar no Dia do suicídio. Ela não é lago onde a imaginação veleja ao sabor do vento, e muito menos oásis a saciar sede e fome de beduíno trôpego.

Já descobriu: no décimo dia, o suicídio zera como autêntico zero os obstáculos transpostos na corrida da vida. É por isso que ele pode ser alçado, no décimo dia, repito, à condição de zero à direita (a não ser confundido com o conhecido *zero à esquerda*, que representa atraso em qualquer conta ou calendário). A cada dez dias, progrido derrotado na corrida com barreiras do cotidiano. Isso porque, mesmo vencido, "o maratonista corre com sonhos no coração". Foi frase de Zátopek e é minha no Dia do suicídio.

Aqui vai outro exemplo.

O Dia da amizade. Já intuiu, sou solteiro e avesso a qualquer relação de tipo matrimonial. Refugio-me na amizade como o náufrago à vista da tábua de salvação. Esta é o sucedâneo do lago e do oásis que não existem no Dia do suicídio. No Dia da amizade, paro, respiro profundamente e – deitado na tábua de salvação – contemplo tudo o que há de belo no universo da cidade e dos sonhos. A amizade não é um amor que nunca morre?

A amizade é foguete de réveillon. Lançado aos céus, espouca com alarde e riso. Ilumina um breve pedaço da noite com estilhaços multicoloridos de alegria. Não consigo melhor imagem para definir o meu Dia da amizade.

Ao contrário do que se afirma, a amizade não é silenciosa nem incolor. Faz barulho e é festeira de São João. Quermesse, quadrilha, barraquinhas, leilão de prendas, sorteios e quentão a tornam reconhecível por toda e qualquer pessoa que se vê frente a amigo ou amiga sinceros. A amizade não tem sexo, por isso não é leviana. Sexo empobrece o dia a dia das relações humanas, curto-circuitando-as com a ameaça ou a realidade feroz da vida monogâmica.

A amizade é intermitente. Lembra umbigo que se cobre e se descobre com o movimento de vaivém da blusa. "Alumbramento", como li no poeta Manuel Bandeira. É surpresa. Alimenta-se mais da saudade e menos da convivência. Não é que esta seja dispensável. Nunca o é. É o fulgor da intermitência que recoloca os amigos em disponibilidade para o que der e vier, inclusive para enfrentar o próximo e intransponível obstáculo na maratona da vida.

Outro exemplo?

O Dia dos brinquedos. Meu apartamento tem um segundo quarto. Nele estão armazenados os mil e um brinquedos que coleciono desde criança. Até morrer, papai foi generoso com o filhinho único e querido.

Meu brinquedo predileto é o bilboquê. Dizem que invenção dos franceses, o bilboquê foi desde sempre feito de madeira. Deve ser por nossa parca habilidade no trabalho da madeira e o apego dos meninos de hoje aos brinquedos de plástico que o bilboquê saiu da moda. É hoje inexistente nas prateleiras das Lojas Americanas. Gostaria de tê-lo presenteado com mais frequência no Dia da amizade.

Na data aprazada para os jogos, o bilboquê exercita paciência, destreza e reflexo no movimento de penetração. Passei por duas fases de aprendizado nas artes do encaixe do bastonete no buraco da bola. Na primeira, a bola com orifício, sustentada pelo cordel, é alçada em vertical até o bastonete ereto para que este, deslocando-se discretamente para frente, penetre à perfeição no buraco. Na segunda fase, mais ousada, jogo para frente a bola presa ao cordel e a forço, em curva, a se encaixar no bastonete ligeiramente inclinado.

É capital o controle dos tendões da mão e da força muscular do braço no movimento de penetração operado pelo bastonete. Não sou canhoto de nascença. Ao rejeitar a mão direita para o exercício, sempre erro.

Há os brinquedos feitos de baquelite, originários do domínio cultural norte-americano no comércio mundial. Sobressai o bambolê. Tenho um magnífico conjunto de legítimos e coloridíssimos, fabricados pela Estrela.

Meus bambolês não guardam poeira. Exercito-me com dois, com quatro e com seis, dependendo da hora e do dia. Do *mood*, como dizem os gringos. Levanto os braços e os passo por dentro dos bambolês. Com as mãos desço o conjunto de dois, quatro ou seis, até a cintura. Ao liberar os bambolês do controle dos braços, mantenho-os no espaço com o movimento do corpo em rodopio. Alço os bambolês ao pescoço e faço-os retornar aos quadris ou aos joelhos. Em alta rotatividade, meu corpo parece pião, pirulito ou torre de Pisa.

Se ainda não reparou, repare em minha invejadíssima cintura 38, produto das horas de bambolê.

Passo ao seguinte e o mais exclusivo de meus brinquedos. O ioiô. Adestra-me nas artes da solidão, do sossego e da concentração. O jogador se torna mestre quando controla o impulso ardiloso dos músculos. Enfio o anel do cordão no dedo indicador e impulsiono a calota dupla, até então segura pelas mãos. Ela desce até quase o chão, esticando o cordão. Em resposta ao impulso inicial, ela sobe, rebobinando. A partir daí a calota dupla desce e sobe até perder a força que lhe foi dada pelo impulso inicial.

Meu ioiô não foi presente do papai. Ele dizia que o ioiô ensimesma a criança, adormecendo seu modo de pensar, como se fosse um moto-contínuo em mãos de físico. O menino perde o sentido da esperança. Em tudo por tudo se assemelha à água represada em pia, piscina ou açude.

Papai não tinha razão. Depois de horas de ioiô, sinto-me tão confiante na vida quanto Sísifo. Já imaginou, a dupla calota do ioiô tem tudo a ver com o rochedo que o deus grego carrega até o alto da montanha, para vê-lo – sem desânimo – de lá rolar subida abaixo. Sísifo é o meu guia no esporte do ioiô.

Disseram-me que a palavra *ioiô* vem do filipino e quer dizer *volte aqui*. No fundo, o ioiô é parente pacífico do bumerangue australiano. Não tenho este em casa. Não há espaço no apartamento para a brincadeira. Também não há espaço para o *frisbee*, que ganhei dum estudante norte-americano que passava as férias por nossas bandas.

Não se creia que todos os meus brinquedos são de criança solitária. Sempre apreciei os jogos a dois ou mais parceiros. Pena que, nos dias de hoje, só os encontre no Dia da amizade. Mas não há como fazer coincidir as atividades deste dia com as do Dia dos brinquedos.

Alonguei-me demais. Amanhã é o Dia do suicídio. Foi-se o tempo do nosso bate-papo. Estou para inventar o Dia da conversa. Da próxima vez, agendaremos o bate-papo para data a ser acrescentada ao Calendário das ocasiões pessoais. Teremos o dia inteiro para tagarelar.

FRESCOBOL

Para Marlene

Ninguém nasce carteiro. Nasce carta, entregue pelo obstetra logo depois de o corpo materno se relaxar e as contrações impertinentes e agudas permanecerem, como lembrança, entre as pernas fechadas. Nasce carta silenciosa, escrita na bolsa amniótica pelo silêncio asfixiante dos nove meses. Carta silenciosa e de dispositivo interno sonoro, semelhante a moderno cartão de Natal. A mensagem se faz gente e, assim que o envelope for aberto diante dos olhos estatelados, sofridos e amorosos da mãe, abre o bué.

Nosso primeiro recado no mundo dos seres de rosto, ossos e carne foi codificado por algum maligno Doutor Silvana, descendente de Thomas Alva Edison. Direcionado para a bundinha enlameada de sangue, o tapinha impertinente do obstetra dá corda no mecanismo interno do fonógrafo. Tendo sido definitivamente retirado da profunda letargia do útero, o recém-nascido alvoroça o ambiente familiar. Está para ser inventado o botão que, na sala de parto, controla ou abaixa o fuzuê sonoro. O ato de nascer foi qualificado por poetas e prosadores com a ajuda de várias e diferentes palavras e imagens. A menos conhecida delas se refere à estridência. Se o bué não sair livre e desimpedido das entranhas da carta parida, ou se sair comprimido pelas paredes membranosas da laringe, mau sinal para os pais. Pau que nasce torto morre torto.

Nasci na primeira década do signo de Libra. No dia de São Gabriel, meu berreiro das cinco da matina pulou a janela do Hospital Beneficência Portuguesa, no Catete, grimpou o morro da Nova Cintra, ganhou alturas celestiais e se espraiou pelos ares, recobrindo a baía da Guanabara com uma faixa sonora. Serviu de despertador para as redondezas. No vizinho palácio presidencial, nenhum barnabé bateu ponto fora de hora. Ao ter o café da manhã servido pelo garçom que, naquela manhã, tinha os olhos acesos e as palavras alvissareiras, dona Santinha virou para o general Dutra, seu marido, e lhe disse:

– Você acordou hoje com cara de Pai dos Pobres. Não desmereça o dia e, menos ainda, o legado de seu antecessor.

Nasci carta. Não nasci carteiro. Por ser o filho caçula numa família que já contava com três filhas, fui moldado pela caprichosa sensibilidade feminina para ser estafeta particular. Ainda criança, a irmã mais velha me educou na aritmética do apareça-de-bobeira ao destinatário da mensagem amorosa. Entregava ao rapaz enamorado o envelope com juras eternas de amor ou desculpas esfarrapadas e, com o dinheiro da passagem de bonde tilintando no bolso das calças curtas, engatava a marcha a ré para casa. Tinha garantido os cones de sorvete da semana na confeitaria da rua do Catete.

A irmã do meio lapidou as destrezas do infante Mercúrio, transformando-o em cara de pau sorridente e tagarela, uma espécie de Shirley Temple de calças curtas. Com maneiras de menino gaiato, semana sim semana não, eu fazia chegar os recados sonoros da irmã do meio aos ouvidos de moços, residentes nos mais diversos endereços da zona sul e do centro. O conteúdo estapafúrdio dos telegramas falados não nocauteava o coração dos apaixonados. As palavras eram amorosas apenas na aparência. Lá estava eu, sorridente e tagarela, a anunciar rompimentos bruscos ou a montar – com a ajuda de algum samba-canção de Dalva de Oliveira ou de Nora Nei – fandangos sem pé nem cabeça. Sem ter conseguido estabelecer elo de cumplicidade ou de simpatia com os sucessivos destinatários, voltava sempre a pé para casa – e de bolso vazio. A renda semanal do estafeta passou a ser deficitária.

Não sei como não virei fotógrafo lambe-lambe no Largo do Machado. De longe, enquanto chupava o sorvete, observava o profissional das lentes nas várias fases do trabalho, do clique à revelação. Ganhei aprendizado prático. Era competente e minucioso na descrição para a irmã do meio das expressões faciais dos namorados. Tinha aprendido a flagrá-las com o esmero e a competência de lambe-lambe. De sobra, ganhava as palavras suaves e ternas de poeta romântico.

Com a doença repentina do papai, tornei-me o homem da casa e único responsável pelas compras semanais na feira do bairro. Não teria surgido melhor ocasião para reparar os danos financeiros causados pela sovinice dos namorados da irmã do meio. Separava uns minguados trocados e embolsava-os como pagamento pela tarefa de feirante. Uns fumam o se-me-dão e outros, com as gordurinhas do orçamento familiar, mantêm aceso o vício do sorvete de morango da Kibon. Se o destinatário das cartas da mais velha foi sempre o mesmo – um filho de portuga branquelo, troncudo e sisudo, dono dum boteco pé de chinelo na Lapa –, foram muitos e sucessivos os destinatários dos telegramas falados expedidos pela irmã do meio. Se a mais velha usava tinta, papel, envelope e goma arábica, a do meio – por receio de provas contundentes no tribunal do amor – escrevia em minha língua. De estafeta passei temporariamente a porta-voz sentimental, sem direito a microfone. Ainda em casa, tinha de repetir o teor original da mensagem até provar que o sabia de cor e salteado. Palavras ou frases inoportunas podiam ser fatais e mereceriam, longe dos olhos maternos, um bem aplicado cascudo.

Da irmã do meio ganhei de presente uma cuca destemperada pelos relatos contraditórios que governam e explicam o relacionamento amoroso dos humanos. Afundei-me num universo em que as palavras alheias e as minhas podiam significar tudo, quase tudo, quase nada e nada, inclusive ou exclusive o próximo noivado ou as bodas futuras. Contavam o ato objetivo de entrega do telegrama falado ao destinatário e a assinatura dele, carimbada em minha língua. De volta a casa, contavam, ainda, minhas observações sobre as reações faciais do destinatário, resumidas num retrato 3x4 de lambe-lambe.

Será que na infância fui responsável por palavras próprias e atos independentes, para não dizer autênticos? Lucinha, a irmã do meio, colecionava namorados como eu colecionava as figurinhas dos craques de futebol. Aliás, às vésperas de virar titia, ela acabou casando com um deles.

Eu lia seu nome na escalação do time ou nas reportagens do *Jornal dos Sports*, mas nunca vi fotografia sua estampada nas páginas. Seu corpanzil de atleta só ficava à vista no quarto de dormir das meninas, na área da parede que se dobrava sobre a cama de Lucinha. Parrudo de nascença, mulato claro e mão de vaca, Dodô aparecera num time da várzea. Fora contratado pelo América Futebol Clube, onde permaneceu até o fim da breve carreira.

Dodô foi beque limpa-trilhos, com fama de quebra-canela. Não chegou a ser um verdadeiro craque. Apesar de incentivado pelo cunhado comerciante e fortalecido pela esposa ambiciosa, os cartolas do América o tinham na conta de joão-ninguém. Não tinha engenho e arte para figurar no seleto grupo dos campeões do futebol brasileiro. Nas páginas do álbum, como ia disputar o retângulo em branco com as figurinhas de Domingos da Guia, Biguá, Leônidas ou Perácio? A culpa pelas cacetadas e traulitadas ele as foi expiar no tribunal das enfermarias hospitalares. Saltavam à vista dos familiares seus joelhos em estilhaço, responsáveis pela aposentadoria precoce.

Quando Dodô aparecia de bermuda, as protuberâncias sem cor definida dos joelhos – pense-se numa mistura de vermelho sanguíneo com roxo de altar da Semana Santa, matizada por pespontos negros de casquinha de ferida – eram tão desagradáveis aos olhos quanto a imagem do menino retirante barriga-d'água, mostrado na revista *O Cruzeiro*. Operado pelo dr. Lídio Toledo e outras mil vezes por cirurgiões barbeiros, o ex-jogador virou dependente físico das infiltrações de cortisona e, mais tarde, dos analgésicos. Quando trotava com pernas de xis pelas calçadas do Catete, não era reconhecido pelos populares. Abandonado o campo de futebol, tornou-se dono dum posto de gasolina nas proximidades da rua Campos Sales. Lucinha ia atrás com a penca dos meus sobrinhos, que não tinham sido pedidos a Deus.

A mais nova de minhas irmãs nunca requisitou os préstimos do estafeta particular. Era tranchã. Para a fome não há pão duro. Não pensava duas vezes diante do moço bonito ou feio, louro ou moreno, remediado ou pobre, alto ou baixo, gordo ou magro, que batia à porta de seus sentimentos a solicitar favores. E quantos bateram! Dengosa, derretia-se como banha na panela, à espera do alho com sal, amassado no pilãozinho de madeira em companhia da cebola picada e da pimenta-do-reino. O prato servido era o tradicional bife de panela, entregue de bandeja no antigo parapeito da orla de Botafogo, ou contra os troncos dos abricós-de-macaco, plantados nas ruas mal iluminadas das redondezas. Se a maledicência dos vizinhos e o ouvido apurado de mamãe não a tivessem endereçado para o tradicional Convento do Carmo, Maria do Socorro teria ficado pra titia aloprada ou pra doméstica em casa de família burguesa.

Numa manhã de junho, Socorro acordou dama das camélias numa casinha de vila no Catete e dormiu vestida de noviça no Convento do Carmo. Papai já tinha morrido. Sua morte prematura foi imputada à vida airada da filha. Mamãe não chorou enquanto fazia a mala da Socorro. Continha apenas roupa íntima e objetos de uso pessoal, coisas indispensáveis. Foram dispensados os poucos romances que, empoeirados numa estantezinha do antigo quarto de dormir das meninas, assombram até hoje a casa. Nunca me interessei por eles. Sei que eram folheados e lidos até altas horas da noite. Se nunca fui seu menino de recado, fui seu carregador de mala a pedido da mamãe. Maleta com roupas e pertences pessoais equivale a envelope fechado? Pelo sim e pelo não, uma única vez fui carteiro da futura monja carmelita, a mana Maria do Espírito Santo. Que Nossa Senhora do Carmo a mantenha sob sua guarda poderosa na rua Morais e Vale. Depois da morte do marido, mamãe não fora mais capaz.

Filho caçula padece também nos bancos escolares. A mais sorrateira e sedutora das lábias e os mais altivos e humildes ademanes da mamãe foram gastos na condução da vida escolar das três irmãs. Deles não se podem excluir as lágrimas de crocodilo e a menção sutil e indiscreta ao Palácio do Catete e, durante o governo JK, ao Palácio das Laranjeiras, onde o marido servia como garçom às famílias presidenciais. Conseguiu vaga para as três na melhor escola pública das redondezas, a Alberto Barth, localizada na avenida Oswaldo Cruz. Chegada a hora do exame de admissão, mamãe arranjava um jeito de encaminhá-las para os bons colégios da zona sul e, pelo milagre da não multiplicação das mensalidades, acabavam com o diploma da quarta série. Junto aos diretores de educandários religiosos, eram eficientes as mumunhas de *mater dolorosa*. Até a mana caritativa brandiu, em noite festiva, seu canudo de formanda. As três sempre saíram de casa com os uniformes mais bem costurados e atraentes da vizinhança.

Cedo, paguei pela fama daquela que seria a noviça Maria do Espírito Santo. Nas redondezas da rua Santo Amaro, Maria do Socorro foi exemplo de moça dadivosa. Correu entre os garotos do bairro e da escola pública que o irmão mais novo também o era. Como semeares, assim o filho caçula colherá. Ao desfazer o equívoco, eu evitava que as mãos sedentas de sexo se aproximassem sorrateiramente dos fundilhos da calça. Rechaçados, os meninos me enfrentavam frente a frente. Murros certeiros me tiravam sangue do nariz, quando não me deixavam de olheira artificial. Chutes na canela me faziam puxar da perna. Corria para casa capengando, empurrado pelos gritos de – para simplificar e adoçar o teor chulo das palavras – maricas.

Tive de negligenciar uma de minhas qualidades de fim de semana – a de ser mão aberta, espécie de *mea culpa mea maxima culpa* pelas subtrações semanais de moedas no orçamento doméstico. Se algum marmanjo continuasse a ter o sorvete pago com os trocados que embolsava, estava ferrado. Minha generosidade robustecia a maledicência. No rádio, Blecaute cantava a marchinha "O general da banda" e incentivava os predadores infantis: "Cutuca por baixo que ele vai." E os coleguinhas sussurravam em meus ouvidos: "Ao menino e ao bebum Jesus põe a mão por baixo." Graças ao fascínio pelas imagens em movimento, escapei-me de Blecaute e dos meninos Jesus da rua.

Ao emprestar nova função às moedas surripiadas em dia de feira, passei a remediar as primeiras crises dominicais de solidão. Elas pagavam a entrada para a matinê no Politheama, um pulgueiro do Largo do Machado. Nem cadeira estofada tinha. Tão duro o assento quanto o das carteiras da Escola Deodoro, onde cursei o primário e o secundário.

Jandira, a irmã mais velha, foi exceção à regra de apenas o ginasial completo. Formou-se no Instituto de Educação, na Mariz e Barros. Até graduar-se normalista em 1949, vestiu-se com o tradicional uniforme azul e branco. A cerimônia foi no Theatro Municipal. Na ocasião festiva, a professora Iva Waisberg, da cadeira de Psicologia e paraninfa da turma, jogou uma bomba atômica na educação dos jovens sob o regime Vargas.

Os estilhaços voaram até os corredores, escritórios e câmaras do Palácio do Catete, então em plena gestão do general Dutra. As palavras do papai se gravaram na memória de Jandira e, em eco, vieram cair em meus ouvidos. Nosso pai fora espectador privilegiado de dois espetáculos: testemunha de vista da bomba lançada pela mestra em pleno Theatro Municipal e, na condição de serviçal na sala de refeições do palácio, espectador privilegiado dos estilhaços mortíferos e dos tititis internos, que iriam alimentar as colunas dos jornais e engrandecer o governo pós-ditatorial de Dutra.

Em conversa com a mamãe, a professora Alfredina profetizou à normalista Jandira carreira brilhante em matemática. A mana teria sido mestra inesquecível, pois demonstrava verdadeiro pendor para o ensino da aritmética. E para a didática dos encontros fortuitos, conforme constatei nos anos de iniciação como estafeta particular. A necessidade foi a fada madrinha do jovem comerciante da Lapa. Antes que algum concurso público para professora encantasse a normalista e seus pais, o filho de portuga abriu as asas de gavião sobre ela, bicou-a no cangote e a carregou para detrás do balcão na avenida Gomes Freire. Jandira passou a cuidar da caixa registradora e da contabilidade do pé de chinelo.

Por anos, Jandira pôs em prática o saber aritmético adquirido com dona Alfredina. Conseguiu encaminhar o marido para a compra dum restaurante na Tijuca. Cozinha internacional no início e churrascaria depois. O rodízio de churrascos quase afundou a firma. Jandira ressuscitou-a como pizzaria. Dois dos filhos do casal puxaram ao tio estafeta. Em reluzentes motocicletas, cortavam as ruas e avenidas do bairro. Faziam entrega de pizza em domicílio.

O mais velho, o belo Lucas, como era chamado pela avó materna, puxou também ao bisavô marinheiro. Resolveu ganhar a vida como motoboy nas ruas de Londres. Descendente de português pelo lado paterno, Lucas abjurou o passaporte brasileiro e foi tirar o documento europeu no Consulado luso, na avenida Marechal Câmara. Com o consentimento dos pais e em módicas prestações mensais, voou à Inglaterra pelas asas da Varig. Em libras esterlinas, seu salário mensal de imigrante era equivalente, em cruzeiros, ao triplo do salário familiar.

Lucas fez sucesso na capital britânica. Em cartas à mãe, dizia que encontrava os amigos no Bar do Luís, na Oxford Street, e consertava a moto na oficina do Alex, que fica em Shepherd's Bush. Morreu cedo, no entanto. De overdose, informaram os jornais cariocas, conforme o documento fornecido pelo consulado britânico à imprensa carioca. Em comprovação, fizeram circular entre os jornalistas interessados cópia da folha corrida passada pelo serviço de registro criminal da Scotland Yard. À beira do túmulo dos avós maternos, a quem foi fazer companhia no cemitério São João Batista, correu a versão de que o motoqueiro tinha morrido de acidente de trânsito nas ruas de Londres, como teria morrido nas ruas do Rio de Janeiro.

Fiz o curso primário e secundário na Escola Deodoro, que fica num edifício imponente e aos frangalhos que se encontra perto do Chafariz da Glória. Não estava longe de casa.

Dava para ir a pé. À época da matrícula, eram rigorosos com a idade mínima do futuro aluno. Tendo nascido em setembro, não obtive matrícula na Escola Barth em 1952. Teria de atrasar os estudos por um ano, já que só completaria sete no segundo semestre do ano seguinte. Lembro que chorei. Não daria continuidade ao périplo de minhas irmãs pela Escola Barth. Não chegaria a receber de empréstimo as professoras delas. Seria um desconhecido no novo ambiente.

Atendendo ao pedido insistente da mamãe, a Escola Deodoro abriu exceção. Fui logo amadrinhado pela *tia* Juracy que, ao se tomar de amores pelo molequinho da rua Santo Amaro, me transformou no mais assíduo dos alunos. Ao início da aula, eu recolhia os cadernos com o dever de casa e os empilhava em sua mesa. Ao início da aula seguinte, eu os devolvia um a um, devidamente corrigidos pela mestra. A nota nos trabalhos era dada em tinta vermelha e passou a ser de meu único conhecimento. Tirei vantagem da condição de bedel. Em apuros com o coleguinha mais afoito, ameaçava tornar pública a nota baixa. Ele me deixava caminhar tranquilamente até o Catete. Nos dias de prova, distribuía folhas de papel almaço para a turma e, ao toque da sirene, as recolhia. Era o primeiro a entrar na sala, o último a sair. Serviço feito, eu recebia das mãos da *tia* Juracy um cupom que dava o direito de apanhar a merecida garrafa de coca-cola na cantina.

Jandira e Lucinha já estavam casadas. Em surdina, mamãe fazia as últimas correções na folha corrida moral da mana Socorro. Queria entregá-la como noviça no Convento do Carmo. Paguei de novo o pato. A pensão do papai minguava e mal dava para cobrir os gastos diários de nós três. Mamãe adoecia com frequência e os remédios custavam os olhos da cara. Socorro já noviça, descobri que mamãe estava lendo as páginas de anúncios classificados do *Jornal do Brasil*. Disse-me que iria trabalhar de doméstica em casa de família. Não comentei a ideia, não a descartei. Não gostei foi da hipótese, embora tenha dormido e acordado com ela.

Na manhã seguinte, disse-lhe que, se fosse do gosto dela, eu podia me transferir para o curso noturno. Ela me respondeu com uma pergunta: Será que você não poderia ajudar na casa? Respondi que sim, pensando que queria me transformar em faxineiro, cozinheiro e enfermeiro amador. Ledo engano. Tinha completado catorze anos, idade exigida pelo Ministério do Trabalho para ter carteira assinada de aprendiz na indústria e no comércio. Estávamos em 1960, véspera dos feriados de novembro e das festas de final do ano. Fui contratado como menino de entrega pela loja de tecidos Ao Bicho da Seda, na avenida Nossa Senhora de Copacabana. Iria ajudar nas despesas de casa.

Sob as ordens do gerente, teria a oportunidade de aprimorar as antigas habilidades de estafeta, de recadeiro e de bedel da *tia* Juracy. Quem me encaminhou ao dono da loja foi o cunhado português, já então dono de churrascaria na Tijuca. *Detrás do balcão, cunhado é pior que doença* – confessou o comerciante à esposa, que me transmitiu as palavras ditas por ele ao ouvir os rogos de mamãe. *Contagia os demais empregados com o vírus da preguiça.* Com carta de recomendação, fui bater à porta da loja de tecidos em Copacabana. Reconheci a letra de Jandira no envelope – como não a reconheceria? Apesar de analfabeto de pai e mãe, o filho de portuga servia de pistolão.

Madame da alta carrega bolsa, bolsa pesada e de formato inconveniente, mas não leva para casa um embrulhinho sequer, por mais leve que seja. Um corte de seda para vestido, por exemplo. Eu saía por Copacabana e pelos bairros limítrofes com a incumbência de entregar os embrulhos com compras. Rara vez havia entrega no centro ou na zona norte. Havia boas lojas de tecidos por lá.

O serviço de entregas funcionava duas vezes ao dia. Às nove da manhã e às três da tarde. Acumulavam os embrulhos num quartinho dos fundos. Eu tinha de organizar as entregas pelo endereço e o percurso a ser feito. Por volta das oito e meia e das duas e meia, já tinha compilado a lista com os respectivos roteiros. Passava na contabilidade, mostrava a lista e o contador somava as despesas de condução. Com ele, ó, era ali, na bucha. Não sobrava um tostão para o lanche no Bob's da Domingos Ferreira. Conhecia melhor do que eu o mapa da cidade e os itinerários dos ônibus e dos lotações, e dos bondes que, então, davam adeus às ruas e avenidas da zona sul. Adivinhava nele as boas qualidades de antigo menino de entrega. Ele fora eu no passado, quem sabe se um dia eu não seria ele?

Eu almoçava depois do primeiro turno e jantava ao final do dia de trabalho. Sempre em casa. Depois, saía correndo para a Escola Deodoro. Nos fins de semana, deixava as poltronas duras do Politheama para sentar nas estofadas em couro do Cine São Luiz ou do Azteca.

Metade do salário-mínimo me custeava. Eu era de menor. Uma verdadeira pechincha para a loja de tecidos. Qualquer balconista ou caixa ganhava o triplo de meu salário, sem adicionar o montante das comissões. Tinha o mapa da cidade na cabeça, conhecia de cor e salteado o percurso dos bondes e dos ônibus, com os respectivos pontos, e o dos lotações. De sobra, tinha velhas habilidades de entregador, que os patrões desconheciam. Não consultava o *Guia da Cidade*. Se desconhecia algum nome de rua, ou ignorava a localização exata de tal número de residência, o faro de perdigueiro funcionava – sempre funcionou, pelo menos desde a época da Lucinha, a inconstante irmã do meio.

A capital federal tinha se transferido para o planalto central, mas a geografia da metrópole e seu trânsito enlouquecido continuavam os mesmos. Os moradores que permaneceram na cidade é que começaram a pensar e a agir de maneira vingativa e tacanha – nessa ordem. Quem não aceitou ser transferido para Brasília não era o provedor da casa. Empobrecidos e desprotegidos, os aposentados ficaram por aqui e por lá os trabalhadores responsáveis. Era do sexo feminino a maioria daqueles. A nova aparência humana da ex-capital transparecia na agressividade e rispidez que tomava conta da fala das freguesas (o *muito obrigado* saiu da moda) e no valor da gorjeta, que foi despencando até desaparecer de todo. O preço da entrega do embrulho em casa já estava embutido no valor da mercadoria – era o pressuposto de toda e qualquer madame da Velhacap. Que o menino de entregas se desse conta: tinha escolhido a profissão errada. Isso por um lado.

Por outro lado, uma novidade passou a imperar no trabalho de rua. Deixei de ser atendido à porta pela empregada. Era a própria compradora que, sozinha em casa, fazia questão de receber o embrulho. Havia motivo para tal, enigmático no início, pelo menos para mim, e mais do que explícito no correr do ano de 1962, quando já tinha a aparência de neguinho bem-apanhado.

Meu pai era preto retinto. Neto legítimo de escravo africano. Vestia-se, no entanto, com apuro. Para ir ao trabalho no Palácio do Catete e, posteriormente, no Palácio das Laranjeiras, saía de terno escuro de tropical, sapato preto (ao sinal transmitido pelas nuvens escuras no horizonte, não dispensava o par de galochas e o guarda-chuva), camisa social branca, gravata e chapéu. Nos trinques. Não alforriava a aliança na mão esquerda e o anel de ouro na direita. O chapéu era Ramenzoni e as gravatas, de seda italiana. Embora surradas pelos anos de uso, todas as peças do vestuário eram de boa qualidade, compradas nas boas lojas masculinas da avenida Rio Branco ou da rua do Ouvidor, e pagas em módicas prestações mensais. Como garantia para o crediário, dava o emprego no Palácio. Não atrasava nos pagamentos. Namorado, noivo ou genro não entrava em casa vestido de bermuda e calçado de tênis. Antes de morrer, lançou um anátema contra as calças *far-west* (hoje os corriqueiros jeans), então vendidas pelas lojas chamadas de americanas.

Papai trazia o último *holerith* na carteira. O contracheque de funcionário público qualificado era o salvo-conduto que o liberaria das garras súbitas do delegado Padilha. Pois não é que, nos meus primeiros anos de idade, tinha vergonha de acompanhá-lo ao centro da cidade? Em plena Cinelândia, ele me dava a impressão de se vestir como malandro que tinha acertado no milhar. Eu não tinha vergonha de ser pau de cabeleira das irmãs mais velhas. Os dois futuros cunhados sabiam se vestir de maneira moderna.

Minha mãe era mulata clara, nascida no subúrbio da Central. Tinha sobrenome estrangeiro, Philips. Seu pai chegara ao Rio de Janeiro como grumete na Real Armada Britânica. Apaixonou-se pela minha avó materna e resolveu dar baixa no cargueiro de Sua Majestade. Feliz, ela se amancebou com o rapazinho ruivo, sardento e bêbado. Retirou-o duma espelunca na avenida Venezuela e o levou para morar ao lado dela e dos familiares, no subúrbio carioca. Passados os meses, minha avó teve uma filha, minha futura mãe, que foi criada pela bisavó no subúrbio. O jovem casal se cansara do Brasil e tinha partido sem deixar endereço. Ninguém mais soube dos Philips.

Cabrocha era o apelido da mamãe entre as amigas suburbanas da juventude. Moça linda e faceira, destaque nos blocos carnavalescos. Não mentem as fotos tiradas na avenida Rio Branco e descobertas por mim depois de sua morte. Casada, foi sempre de prendas domésticas, para usar a expressão de que o papai se valia ao preencher o questionário do serviço público, ou ao responder ao rapaz do IBGE, que batia à porta.

Mamãe saía pouco com o marido. Ficava o dia inteiro com vestido de chita, avental de cozinha e pano na cabeça. Não me lembro de ter visto empregada em casa. Fazia de tudo. Encerava o assoalho da casa e espanava os móveis da sala, arrumava os quartos de dormir, cuidava do banheiro, cozinhava, servia a mesa, lavava e enxugava pratos, talheres e vasilhas, lavava a roupa e a passava. Além do mais, era exímia na arte do corte & costura. Éramos os quatro vestidos por ela, em uniformes impecáveis, ou em roupas sociais como se de grife. Para fazer as compras nas lojas de tecidos e nos armarinhos, tomava o bonde Leme em direção ao centro. Descia no Tabuleiro da Baiana, ao lado do Hotel Avenida, e caminhava até as ruas comerciais do Saara.

Não nos deixava fazer nada. Negava o provérbio que diz ter sido o dinheiro feito para se gastar. Foi feito para se economizar – afirmava ela em silêncio, trabalho e dedicação. Papai se gabava de ter a mulher que tinha. Dizia que no dicionário da Cabrocha (ao tratar a esposa com carinho, voltava ao apelido do subúrbio) não constava a palavra *impossível*.

A perfeição na limpeza da casa pela mamãe se casava com o modo impecável de se vestir do papai. Minto. Quando o casal ia ao cinema ou ao teatro, ou saía para visitar os casais amigos, mamãe também se trajava de maneira invejável. Abria um guarda-roupa misterioso, e de lá tirava tailleurs, vestidos, casaquinhos, saias e blusas de corte impecável, como se encomendados em ateliê de costura. Por passe de mágica, as peças estavam perfumadas, livres do fedor de mofo ou de naftalina. Até a morte manteve o corpinho de adolescente, que se recobria às maravilhas com as roupas guardadas por anos a fio.

Embora os quatro irmãos fôssemos Philips da Silva, a parte ruiva e sardenta do sobrenome atestava apenas a favor da cor da pele da Jandira e da Lucinha. Eram mais claras do que a mamãe. Se alguém batesse à nossa porta, entrasse casa adentro e desse de cara com o papai escutando ao pé do rádio a *Hora do Brasil*, nunca imaginaria que Jandira e Lucinha fossem filhas suas. Pareciam mocinhas da zona sul, de olhos cismarentos. Bem-vestidas, bem-penteadas, com maquiagem discreta e unhas pintadas. Eram sagazes e sestrosas, falantes e bem articuladas.

Já Maria do Socorro tinha puxado ao papai. Nasceu pretinha e foi clareando com os anos e a vida monacal. Por mais que tivessem esticado seu cabelo pixaim com produtos importados dos Estados Unidos, uma gota de chuva, e lá se iam as boas intenções da cabeleireira da Glória. Quando criança, a chamavam de Roxinha, apelido que não vingou. Perdeu o Maria na escola, talvez por excesso de Marias na hora da chamada, e ficou conhecida como Socorro, até a entrada no convento. Na juventude, as três irmãs não dispensavam macho por uma semana que fosse.

Não é difícil adivinhar o apelido que pegou em mim – Escurinho. Aqui e ali substituído por sinônimo carinhoso – Neguinho. Não chegava a ser preto escuro, como o cantor Blecaute, ou o Jamelão, puxador de samba da Mangueira, mas minha cor permaneceu para sempre na tonalidade de pele da Socorro. À hora do jantar, querendo exibir os conhecimentos recentes adquiridos nas aulas de História do Brasil, eu disse um dia que as filhas mais velhas da família tinham puxado aos Philips ingleses e os dois mais novos, aos Silvas da senzala. A agilidade no manuseio dos talheres foi subitamente interrompida. Espanto geral. Meus pais e minhas irmãs piscavam os olhos nervosamente, como se fossem lentes e flashes de máquina fotográfica, tentando enquadrar e iluminar o sabichão da família. Fui destaque.

Papai nunca me encostou a mão e se dirigia a mim de maneira polida e firme, só às vezes enérgica. Naquele dia e hora, exigiu que eu deixasse a mesa sem comer a sobremesa e me recolhesse ao quarto. Conversaríamos mais tarde. Não conversamos. Entendi o recado abortado. Escola é escola, lar é lar. Neste, éramos todos iguais e filhos de Deus. À hora das refeições, deveríamos nos entender por mensagens cifradas, cujo conteúdo era, contraditoriamente, pessoal e intransferível. Não fui moldado à atividade de carteiro apenas pelas irmãs mais velhas, pela *tia* Juracy ou pelo emprego na loja de tecidos. Naquela família fraterna e unida, eu estava e estaríamos todos destinados à profissão de carteiro. Os olhos nunca teriam acesso ao conteúdo das cartas particulares.

Já na escola, os professores me ensinavam a separar o grupo *a* do grupo *b* e os dois do grupo *c*. E a enxergar com clareza o modo como o primeiro grupo se diferençava social e economicamente do segundo, que por sua vez se diferençava do terceiro. Cada conjunto tinha suas próprias qualidades e competia a mim, aluno, entendê-las para melhor me situar no mundo diversificado dos brasileiros. Cada grupo tinha seu próprio quilate, voltado para o alto ou para baixo. Não havia igualdade ou perfeição de comportamento entre os homens. Para entender a desigualdade e as injustiças cometidas pelos governos da nação e do mundo, e tentar compensá-las ou corrigi-las, tínhamos de passar por anos e anos de estudo. Mais importante do que aglomerar os diferentes conjuntos numa massa uniforme e falsa chamada Brasil, era imperioso analisar objetivamente cada grupo socioeconômico em seus acertos e desacertos.

À mesa de jantar, calou fundo a sobremesa negada ao filho metido a sabichão. A minha preferida. Uma fatia de manjar de coco, com ameixas pretas a nadar em calda tão espessa quanto xarope para a tosse.

Não direi que passei a noite traumatizado, e não a passei por razão bem simples. Lucinha já tinha habituado minha língua na entrega aos sucessivos namorados de frases contraditórias ou simplesmente falsas. Diante do destinatário da vez, enunciava o telegrama falado com voz que não era a minha e que, no entanto, era só minha. Tinha de ser convincente sem ter os motivos para o ser. Não digo que se deve confundir carteiro com boneco de ventríloquo. Digo apenas que os Philips e os Silvas são dados como irmãos e filhos de Deus por obra e graça do mestre do universo – o Grande Ventríloquo.

Tanto em casa quanto na escola ou na rua, não voltei a fazer comparações entre os ascendentes familiares e seus descendentes. Apenas sorria quando alguém se espantava com o sobrenome Philips que o Neguinho carregava às costas e tinha de soletrar.

Volto a 1962 e aos embrulhos de Ao Bicho da Seda para me recuperar à porta das residências de madame.

Mamãe estava sempre adoentada. Vestia-me com roupas compradas prontas. Passava ao largo das cafonices vendidas no Centro Comercial da Siqueira Campos e ia direto à esquina de Sá Ferreira com avenida Nossa Senhora de Copacabana. A loja Figurinha tinha tudo que agradava aos jovens – *descolados*, como se diz hoje. Passei a ter uma coleção de camisas banlon, não só por causa dos tons mais suaves e inesperados, que favoreciam minha cor de pele, como também por chamarem a atenção para os ombros largos e as saliências do tórax, e por exporem a barriga zerada ao mulheril. Também combinavam com as calças jeans.

Sou alto e forte, bem-apanhado, cabelo cortado rente e pernas de maratonista. Em suma, um convite ao mau caminho. Não me dava conta de que a presença do entregador de Ao Bicho da Seda à porta da madame estava à espera de resposta ao convite para trilhar o mau caminho. Enquanto essa ou aquela, de posse do embrulho, assinava o recibo de entrega e me dava ou não gorjeta, tornou-se comum ouvir perguntas e perguntas a saírem em busca dum diálogo inusitado. Buscavam montar uma conversa tão chocha quanto o feijão cru que boia. As perguntas não levavam a nada, embora a batida apressada dos cílios e o gestual estabanado do corpo negassem a impessoalidade das palavras.

Do decote ousado pulavam outras perguntas. Competia ao jovem mensageiro responder de modo educado, gracioso ou arrogante às interrogações do decote. Quanto mais jovial e divertido nas respostas, mais expansivos os seios, maior a agitação dos gestos e maior o entusiasmo dos cílios e a generosidade no valor da gorjeta. Se os olhos do mensageiro se fixassem exclusivamente no par de seios rosados, a interlocutora derretia-se que nem a Socorro nos velhos tempos da rua Santo Amaro.

Se por culpa da Socorro padeci nas mãos da molecada vizinha, agora a antiga compulsão da monja carmelita me inspirava positivamente. Deixei-me ser conquistado por uma francesa de português assoviado que, conforme me disse, tinha passado a infância na Argélia, filha que era de militar das tropas de ocupação. À porta, falou-me das praias do Mediterrâneo, que lembravam as da Guanabara, e me indagou – num sibilo ou sussurro – se conhecia outras gentes e outras terras. Respondi-lhe que não. Ela voltou à carga, me perguntando se algum dia não gostaria de sair em viagem ao redor do mundo. Respondi-lhe que sim. Quem não ia querer?, foi a minha vez de fazer uma pergunta chocha. Logo descobri que a pergunta era tudo, menos chocha. Perguntou-me se não queria ver as fotos antigas da menina-e-moça nas praias argelinas. Guardava-as num álbum envelhecido pelo tempo.

Fez-me entrar na sala de visitas. Pediu-me para depositar os embrulhos restantes na mesa do centro e tomar assento no sofá de veludo *côtelé*. Fui obediente. O álbum de fotos estava na mesinha do abajur, que não foi aceso. Veria as fotos sem a iluminação indispensável. Não cheguei a ver a menina-e-moça de maiô, sob o sol ardente da África francesa. Uma senhora tomada pelos anos e o perfume adocicado de jasmim avançou repentinamente em minha direção e me cavalgou. Sôfrega e recatada, beijava-me em sedução. Não neguei fogo.

Alice, uma mocinha da vizinhança, quatro anos mais velha, tinha me iniciado aos treze nas artes do sexo casual, em lugar público. Nosso teto era o céu estrelado do Catete ou o que recobria a praia de Botafogo. Nosso chão, as pedras empilhadas na orla do Flamengo.

Num ímpeto, virei a francesa contra o assento do sofá, cavalguei-a eu. Com as mãos soltas, revirei debaixo da saia, em busca da calcinha. Não a encontrei. Espertinha. Abri o zíper do jeans e liberei da cueca a fera insubordinada, até então enjaulada. A francesa liberava os seios do sutiã. Baixei as calças. O movimento sincronizado ganhou cadência. Arrumou trilha sonora. Ela assoviava palavras e sussurrava interjeições e eu, tomado pelo medo e a ardência, arfava que nem um condenado. A transa foi rápida. Tanto melhor. Levantamo-nos suados e nos compomos às pressas. Parecíamos dois gatos escaldados. Despedi-me. Havia outras entregas a fazer antes do almoço. Pernas, pra que te quero?

Com o correr dos meses, ganhei a clientela de outras freguesas da loja. A antiga menina-e-moça das praias argelinas secundou Alice, e as duas foram as madrinhas de guerra que abriram a corporação para o alistamento de pistoleiras ricas e pobres, que me acompanhariam até os dezoito anos e o bilhete azul dado a mim pelo gerente de Ao Bicho da Seda. Entregador será sempre de menor, não faz jus a salário-mínimo integral, embora seja obrigado a servir à pátria.

Por um ano prestei serviço militar no forte Duque de Caxias, no Leme. O reco voltou desempregado à vida civil. Por ano e meio. Meu substituto em Ao Bicho da Seda passou em casa e deixou recado com mamãe. Uma das freguesas da loja queria falar comigo. Memorizei o nome e o número de telefone, bem familiares. Previ o que qualquer teria previsto – tanto o certo quanto o errado. A família precisava de motorista particular.

Madame me perguntou se eu sabia dirigir.

"Aprendi na caserna", respondi. Acrescentei que na ocasião tinha tirado a carteira nacional de habilitação.

"Perfeito", arrematou ela. Seu marido, advogado de profissão, era exigente nessa matéria. Tornei-me motorista de madame e de seus dois filhos. Estes não eram órfãos de pai. Passavam o fim de semana na serra ou nas praias de Angra dos Reis, com ele e a nova esposa.

Entregava a madame no endereço solicitado. Esperava. De lá a conduzia a outro endereço e a outros mais. Ao final da tarde, trazia-a de volta a casa. Também entregava os dois meninos aos porteiros do Colégio Santo Inácio, na São Clemente, e de lá os levava de volta ao lar. Motorista particular é semelhante a carteiro? Pelo sim e pelo não, aprendi que o Buick importado – azul metálico na parte superior e cor cinza fosco na inferior – se assemelhava ao envelope; os passageiros, à mensagem nele contida, e o motorista, ao estafeta.

Com uma diferença. Como motorista, o estafeta tinha acesso ao texto da conversa entre os patrões, embora nunca fosse o legítimo destinatário do envelope. Aprendi também que, de segunda a sexta-feira, o corpo podia se alimentar do bom e do melhor e as pernas descansarem ao volante do carro. Aos sábados e domingos, exercitavam-se no frescobol. Há futebol no Maracanã e há futebol de praia em Botafogo ou no Leme. Há vôlei e há vôlei na areia de Ipanema. Há tênis de quadra e tênis de mesa. Houve frescobol. À beira-mar, a bola era impulsionada pelas raquetes adversárias e devia ser mantida no ar por pelo menos um minuto. Não havia rede a dividir o campo. Não havia regras nem juiz. Não havia vencedor e vencido. Matava-se o tempo. O público não era público, mas na verdade comandava o espetáculo. Em resposta à pancada inesperada da bola perdida, palavrões e insultos podiam encolher o campo e o entusiasmo das raquetadas. Em dia de sol quente, o espaço do jogo era predeterminado pela área permitida pela multidão de banhistas que, ao correrem até as ondas, invadiam e pisavam o campo. Quanto mais banhistas na praia, menor a área de jogo, que passava a contar com a areia umedecida pelas águas do mar.

Embora empunhasse uma das raquetes, enxerguei na bola um antigo pressentimento meu. Tinha nascido e vivia para ir e vir de uma raquete à outra.

Mamãe morreu. Acompanhei-a nas semanas de agonia. Corria entre a casa, o trabalho e o Hospital Beneficência Portuguesa, onde ela tinha me dado à luz. E foram longas, longuíssimas as horas de sofrimento. O Convento do Carmo liberou a Socorro. Ela e eu fazíamos revezamento. No hospital, à beira do leito. Em casa, à beira de sua cama. A monja, durante o dia, o motorista, à noite. Mamãe foi enterrada no túmulo do papai. Anos mais tarde, ela teria como companheiro o corpo do neto querido, o belo Lucas, reminiscente do bisavô, marinheiro inglês.

O enterro do papai foi concorrido. Apesar de doente, ainda estava na ativa. Os funcionários do Palácio do Catete e do Palácio das Laranjeiras compareceram em peso e também alguns familiares. O da mamãe foi menos concorrido. As filhas mais velhas, com os respectivos maridos, resolveram aparecer finalmente na zona sul e fechar com a monja e o motorista no velório e à beira do túmulo. Das bandas suburbanas da Central vieram algumas pessoas idosas, totalmente desconhecidas. Eram as antigas amigas da mamãe, cultivadas de maneira oculta e intermitente, longe dos olhos do marido e dos filhos. Arrependo-me agora de não me ter misturado com o pequeno e coeso grupo. Teria conseguido descortinar o passado silenciado da Cabrocha? A dor era muita e as lágrimas contidas exigiam discrição.

Passei a morar sozinho na casa de vila, que tinha abrigado seis. A monja Maria do Espírito Santo deu por quitada a parte no imóvel que lhe cabia por direito. Jandira e Lucinha não voltariam para a casinha da Santo Amaro. As respectivas famílias eram proprietárias de apartamentos espaçosos e confortáveis na zona norte. Depois da partilha, as duas, de comum acordo, estipularam o valor que cobriria as partes herdadas. Podia arcar com o pagamento. Morava de graça em casa e a roupa era lavada no emprego. Comia e me vestia à custa da madame. Não só tinha direito ao uniforme, como também recebia presentes de roupa e de sapatos da patroa e dos meninos.

Minhas irmãs e eu negociamos a forma de pagamento da parte que lhes tocava na casinha. Eu tinha de fazer prevalecer a correção monetária mensal, que inflava minha poupança. O truque estava no valor invariável da prestação. Seriam 36 parcelas mensais de mesmo valor. A proposta foi aceita numa noite de pizzas na Barão de Mesquita.

Bateu a tristeza. Não tinha família, não tinha mais os amigos da vizinhança e da praia. Não saía mais à noite. Bateu a solidão. Aos sábados e domingos, trancava-me em casa. Não arranjei empregada. Nos dois dias de folga, trabalhava na limpeza. Encerava o assoalho da casa e espanava os móveis da sala, arrumava o quarto de dormir, cuidava do banheiro, cozinhava, me servia à mesa, lavava e enxugava pratos, talheres e vasilhas, lavava minha roupa e a passava. O único morador da casinha de vila boiava triste e solitário na modorra da vida. A ilha paradisíaca do Catete tinha submergido nas águas profundas da morte materna.

Como fazê-la emergir?

De segunda a sexta-feira, no banco da frente, abro caminho com o Buick. No sinal fechado, olho à esquerda e à direita e sinto o peso das marés de pedestres. Não há como confrontá-las, ou fazer parte delas. Na disputa pelo espaço, a multidão se lança contra as portas do carro e se atira contra o para-choque. Quer abalroar o Buick e driblar o motorista. Ganho meu dinheiro suado no tumulto das ruas, avenidas e praças cariocas. Meus olhos se sustentam na corda bamba que vai do sinal fechado aos trombadinhas nas duas esquinas e têm como único alvo o apito do guarda, que contradiz ou não a ordem da sinaleira. Tenho vontade de soltar um grito lancinante ao meio do tumulto. Grito de dor ou pedido de socorro?

A ilhota paradisíaca emergiu pela saudade. Na plateia dos novos e modernos cinemas da zona sul, reencontrei o assento duro do cinema Politheama, e trouxe a Alice mocinha de volta para a minha vida – nessa ordem. Desde que os meninos da vizinhança passaram a me chamar de maricas, o cinema fora meu refúgio. Desde que as luzes do desejo se acenderam para o sexo oposto, Alice fora minha guarida. Órfão, voltei a abrigar-me num e na outra, conciliando formas complementares de gozo.

Adorava ver filmes. Passei a vê-los com maior frequência no período de luto. A presença ausente da mamãe se corporificava no corpo feminino que da tela luminosa me contemplava sozinho na plateia. A atriz falava e gesticulava. Silenciava-se imóvel, num longo *close-up*. Levei tempo para voltar a apreciar os filmes como os apreciava na infância e juventude. Não acompanhava o enredo, não me deixava envolver pelas peripécias corajosas dos artistas, não me comovia com a trama sentimental ou com a trilha sonora. Agora, ficava ciscando no gigantesco retângulo cintilante até catar o fotograma privilegiado, que tinha explodido minha retina, ofuscando-a e alimentando a imaginação. Tomados pelo fulgor da imagem feminina, meus olhos se desligavam das sequências seguintes do filme. Ou, então, delas se distanciavam. Nesse caso, faziam com que o fotograma escolhido se superpusesse às cenas restantes do filme, deixando-as em segundo plano, ou borrando-as de todo.

Um filme inteiro se resumia a uma imagem feminina, ciscada e catada, isolada pelos olhos do espectador triste e solitário. Fosforescia na tela um corpo de mulher do povo, e nele enxergava a Cabrocha suburbana, sambando num bloco carnavalesco, ao lado de suas antigas amigas. Cintilava o corpo de famosa estrela de Hollywood, e nele enxergava a dona clara, altiva e chique que, em companhia do negro retinto, saía para a noite carioca. Na mansão dos lordes ingleses, entrava e desaparecia o corpo da doméstica, e no átimo de tempo tomado pelo fotograma enxergava a esposa incansável, que se entregava à escravidão e se entregaria à morte para o bem-estar dos familiares. Ao final de algum tempo, o corpo inteiro da mamãe, dado de presente por minha memória, ficava estendido no arame farpado da dor, ao lado da imagem em movimento no ecrã e das velhas fotos descobertas depois de sua morte numa lata de biscoitos Maria.

Cada noite, cada dia da vida era uma longa, única e complexa imagem obsessiva. Solta no turbilhão do trabalho e no despropósito da sala de cinema, a imagem privilegiada se metamorfoseava no almíscar que reverenciava e perpetuava a saudade da mamãe e, por isso, não servia de material para a composição dos dias futuros. Pelo contrário, atrasava os ponteiros do relógio e, no calendário, fazia os anos avançarem de diante-para-trás, me redirecionando para a época em que a Cabrocha existia em carne e osso, movimentando-se pelos quatro cantos da casa e da imaginação vagabunda do filho caçula.

Voltei a cruzar com Alice à entrada do novo cinema São Luís, no Largo do Machado. Estava na fila da bilheteria, com um amigo. Ela me reconheceu, eu não a reconheci. Àquela época eu não reconhecia ninguém na rua. Marcamos reencontro no restaurante Lamas, que tinha se transferido para a

Marquês de Abrantes. Ao adentrar pelo restaurante, a nova Alice era a reencarnação da Cabrocha. Não deu para entender como os contínuos embates amorosos com um variadíssimo número de rapazes e homens a tinham tornado mais bela e madura. Por não ser a soma final de experiência amorosa desvairada, a sabedoria sentimental de Alice era fruto do milagre. A mocinha que em minha juventude abrira a porta para a entrada do pelotão de pistoleiras era a recatada e meiga jovem senhora que reaparecia para fechá-la, definitivamente. A devoção amorosa – em todos os matizes e circunstâncias – é o forte dos Philips. A presença doce, discreta e tranquila de Alice amaldiçoava a solidão do filho caçula e a tristeza do luto, e enternecia as asperezas rugosas do órfão.

Não fazia sentido ser motorista e, muito menos, ser biscateiro de madame desquitada ou viúva. Precisava casar e constituir família. Ter um emprego decente e estável. Saí em busca deste no jornal *Folha Dirigida*, que se tornou leitura obrigatória durante todo um semestre. Editais, concursos públicos, vendas de apostila, cursos noturnos e diurnos, datas da inscrição, horários de funcionamento das repartições, número de vagas, autorização para nomeações, documentação, pagamento de taxa no Banco do Brasil ou na Caixa Econômica... Toda a parafernália em torno da admissão ao serviço público federal me chegava às mãos em doses cavalares e embaralhava o futuro com a lembrança da mamãe às voltas com a pensão minguada que recebia pelos anos de serviço prestados pelo garçom aos presidentes da República. Encontrei-me a mim num concurso para carteiro.

Depois da criação em 1969 da Empresa de Correios e Telégrafos, que substituía o DCT criado em 1931, as vagas pululavam anualmente naquele setor do recém-criado Ministério das Comunicações. Uma delas foi e é minha. Sou carteiro. Calço sapatos vulcabrás. São baratos e duráveis, impermeáveis à água. Dispensam o uso de galocha.

MULTA

> *Maldito corazón*
> *Me alegro que ahora sufras*
> *Que llores y te humilles*
> *Ante este gran amor.*
>
> Bolero escrito e cantado por CUCO SÁNCHEZ

De calar ninguém se arrepende e de falar sempre. Queria apagar as últimas palavras que disse a Madalena. Mesmo que soterradas pelo correr dos anos, queria poder corrigi-las, porque ainda estão atuantes.

Se pudesse, atrasava de modo artificial a caminhada dos ponteiros. Daria tempo ao tempo para corrigir as poucas frases que lhe disse há três anos, de que muito me arrependo. Naquela noite fatídica, minhas palavras ganharam volume e peso ao se distanciarem da boca que as proferiu. Extrapolaram a circunstância de fim de namoro, agigantaram-se na casa dos pais de Madalena e no apartamento da irmã mais velha e se transformaram num clone moldado em silicone, que se apropriou indevidamente do corpo feminino a quem foram dirigidas. Em abuso de autoridade, minhas frases apoderaram-se duma vida alheia, a de Madalena, conformando-a a um inominável modo de continuar a vida sem o homem amado.

 Ao saber que nosso namoro tinha chegado ao fim, Madalena perdeu o controle dos dias, como se perde o controle do carro em noite de chuva e de asfalto escorregadio. Perderia o controle do próprio corpo nas semanas, meses e anos a vir. Por inabilidade ou por excesso de zelo da motorista, ou simplesmente por culpa das minhas palavras, virou catástrofe sentimental a mera derrapagem amorosa num barzinho do calçadão da avenida Atlântica.

 Madalena foi minha namorada e teria sido minha noiva e futura esposa. Ela não merece o tipo de vida que, por ter dado crédito a mim, foi levada a viver longe da casa dos pais. Seu Henrique e dona Cocota reagiam mal ao namorado da filha e reagiram mal à minha atitude. Expulsaram-na de casa. Sem nunca ter trabalhado para ganhar a vida, Madalena não teve alternativa. Buscou abrigo em casa da irmã mais velha. Daí a uma semana, foi posta na rua. Só encontrou boa acolhida no apartamento de Carmen Dolores, moradora de Ipanema e atriz do palco e da televisão, onde trabalha e dorme há três anos.

 Madu não merece ter as relações amorosas restritas às pessoas humildes e parasitas, que passou a acolher e a acarinhar no seu mundinho doméstico e sentimental, nos fundos do apartamento da rua Barão da Torre.

 É bom esclarecer. Há três anos, com duas ou três frases grosseiras, zerei bruscamente sua expectativa de dias felizes ao meu lado, e a humilhei. Ninguém merece ser humilhado, nem mesmo o mais repulsivo dos *serial killers*. Cortei no galho a fruta que aguardava dias venturosos para chegar à plenitude. Ao ceifá-la pelo podão da insensibilidade humana, transformei-a em pérola deitada aos porcos. Não é por me arrepender das palavras ditas por mim, interiorizadas por ela e repudiadas pelos pais e pela irmã mais velha, que quero apagá-las definitivamente. Lamento não paga dívida. Para mim, no dia de hoje, só conta o destino malsinado de Madu em casa de Carmen Dolores.

Graças a telefonema imprevisto da atriz, repisei o palco da noite que já se desfazia nas dobras da memória. Fui informado por Carmen Dolores que, não tendo como subsistir no Rio de Janeiro, Madu vinha sobrevivendo na qualidade de sua doméstica e secretária particular. Pior. Por desejo próprio, Madu colecionava no quarto de dormir da área de serviço uma série infindável de desastrados encontros amorosos. Semana após semana, mês após mês, vários cafajestes e mequetrefes do bairro subiam à noite pelo elevador dos fundos até o andar onde morava Carmen, batiam à porta dos fundos do apartamento, eram recebidos e iam direto para o quartinho de Madu, onde se saciavam. Madalena conduzia de maneira cínica e desavergonhada a vida privada e sentimental.

Carmen Dolores julgou que o ex-namorado deveria saber como Madu sobrevivia ao rompimento do namoro.

Em silêncio e segredo, do lado de fora da minha consciência e distante de mim, será que Madu se esmerava em me castigar? Será que, ao fornicar com uma cambada de rapazinhos desclassificados da vizinhança, ela estava me obrigando a me punir? Ao expor minhas antigas palavras à visitação pública da gente sofrida e trabalhadora de Ipanema, Madu obrigava-me a enfrentar as frases grosseiras que lhe disse, como se nas chagas do corpo martirizado e exposto de Cristo é que o lava mão de Pôncio Pilatos estivesse eternamente a expiar.

Não reafirmo a inocência das palavras que disse a Madalena na calçada em frente ao Teatro Villa-Lobos. Minha boca nunca se sentiu livre de culpa. Castigou-me algumas vezes com vômitos de remorso. A boca continuava suja e, agora, depois do telefonema de Carmen Dolores, sinto-a imunda. Por isso, é que a lavo hoje com a tinta detergente da caneta.

Tampouco é o caso de se dar os parabéns a Madu por ter mantido, à sua maneira, o controle do próprio corpo logo após a derrapagem amorosa. Virou outra pessoa, isso é fato. Cresceu como ser humano? Cresceu. Cada um é cada um e traz em si o próprio alimento secreto indispensável ao crescimento, seja na bem-aventurança, seja na adversidade. No crescimento de Madu, o valor alcançado pelas minhas palavras tem custo inafiançável. O endividamento antigo se casa hoje com o asco pela sordidez humana.

Dívida e miséria moral, ao se enlaçarem no sentimento de culpa, armam a arapuca, onde agora cai minha dor.

Na avenida Princesa Isabel, à saída do Teatro Villa-Lobos, convidei Madu para o chope, que sempre serviu de aperitivo para o pulo ao motel. De pé na calçada, ainda tomado pelo clima do espetáculo a que tínhamos assistido, mas já esgarçada a plateia pelos quatro cantos do Rio de Janeiro, fui curto e grosso com ela. Disse-lhe que não a amava mais. Iria deixá-la daí a alguns dias. Sem justificar a decisão súbita e sem abrir espaço para susto ou resposta, acrescentei que ela – se quisesse e seria até melhor assim – me deixasse antes. Podia romper o namoro naquele momento, naquela noite, antes de compartilharmos a cama no motel.

A brisa marítima soprava das areias do Leme e a avenida Princesa Isabel a canalizava para o Túnel Novo. Fazia calor e era alta a taxa de umidade no ar. À noite, gostávamos de tomar a fresca numa das mesas ao ar livre, dispostas no calçadão da avenida Atlântica. Fomos caminhando contra a brisa, em direção à praia do Leme. Distanciados um do outro e em silêncio, sabíamos de antemão aonde chegaríamos. Tomamos assento sob o guarda-sol aberto.

Pedi ao garçom dois chopes e uma porção de queijo provolone fatiado. De repente, sem ter tocado no copo de chope servido, Madu se levanta para apanhar a bolsa depositada numa cadeira ao lado. Levanta-se assim, sem mais nem menos. Endireita o corpo curvado na minha direção e, altiva, despede-se de mim, dizendo que iria cuidar da própria vida. De pé, acrescenta que não precisava convidá-la ao motel nem acompanhá-la até em casa. Se não a amava mais, deveria esquecê-la, quanto mais depressa melhor. Iria cuidar sozinha do futuro, com a ajuda dos pais e da irmã mais velha.

Quando me refiz, Madu já tinha dobrado a esquina e eu ainda não tinha acertado a conta com o garçom. Fiquei sentado à mesa, com os dois chopes intactos à minha frente e as fatias de provolone no pratinho. Não bebi o chope trazido para ela. Quando fui prová-lo, estava choco. Bebi, no entanto, outros e muitos chopes naquela noite.

À época, não fiquei sabendo que à despedida voluntária no calçadão do Leme se seguiria outra, involuntária, na casa dos pais.

Em frente ao aparelho de televisão, Madu interrompia a novela para contar ao seu Henrique e dona Cocota que tinha rompido o namoro comigo. Sem se levantarem do sofá, os dois – pai e mãe em uníssono – lhe disseram coisas horríveis sobre moça donzela que se entrega ao primeiro canalha bonitão que toca a campainha da casa e entra para o cafezinho. Boa bisca não era, não é e não seria. Foram insensíveis com a filha? Foram duros com ela? Foram. Ou será que davam vazão ao ódio que nutriam por mim, desde o dia em que lhes contei – naquela mesma sala – uma piada-família sobre o pênis do professor aposentado? Castigavam a filha, já castigada por ela ter-se engraçado com um rapaz por quem os futuros sogro e sogra sentiam desprezo.

    A novela terminou no momento em que Madu foi obrigada a deixar a casa no dia seguinte. "Amanhã, pela manhã", decretou dona Cocota. Tão logo terminasse de tomar o café, a filha deveria arrumar a mala e sair. Foi para o quarto de dormir sem dar boa-noite aos pais.

    Imagino a fala do seu Henrique. *Bem que te dissemos. Não foi por falta de aviso. Um rapaz sem curso universitário, sem profissão, fingido e desbocado. Um joão-ninguém que aparece do nada, sem família estabelecida na cidade. Criado por uma tia na Tijuca – não é o que ele diz? Que tia é essa que nunca aparece? Que ninguém conhece. Que nem você conhece. Bem que te avisamos, seu namorado não presta. Não escutou a gente. Agora, sofre. Desobediência também paga multa.*

    Madu não tinha ideia do valor da multa que pagaria e pagou por ter-se engraçado comigo e por eu ter deixado de me engraçar com ela. Perdia o teto, onde se abrigou desde bebê. Na manhã seguinte, pegou o táxi na porta do edifício e com a mala mandou tocar para o Flamengo. Buscava abrigo num dois quartos e sala da rua Marquês de Paraná. Ali, morava a irmã casada.

    Com o marido no trabalho e os dois filhos na escola do bairro, a irmã mais velha lhe assegura que não dá para entender a raiva dos pais.

    Imagino. *Na cozinha, diante do fogão, a irmã mais velha desvia os olhos da chaleira, onde aferventa a água para o nes-*

café, e os dirige à irmã mais nova. Confessa que ela própria está sofrendo com a decisão absurda dos pais. Volta os olhos para a chaleira. Despeja a água quente na xícara com nescafé e açúcar. Ao servir à irmã mais nova, ela a contempla por um minuto e lhe diz que dá para quebrar o galho por uma semana, não mais. Madu não insiste. Caminha até a área de serviço do apartamento, onde deixa a mala.

A irmã mais velha já tinha sido alertada pelo seu Henrique e dona Cocota e não poderia ser menos severa que eles. Imagino. *Mais duma semana não dá para você ficar, Maduzinha. Pode dormir no sofá da sala, não é muito confortável, eu sei, mas desalojar os dois meninos do quarto é que não posso nem devo. É no quarto que fazem os deveres de casa. Precisam do mínimo de tranquilidade. Apartamento pequeno dá nisso. No guarda-roupa nem espaço tenho para você deixar sua roupa. Fica na mala.*

A filha mais velha e o genro não iam querer comprar briga com seu Henrique e dona Cocota. A mensalidade e o material escolar, os uniformes da escola e de ginástica, sapatos, tênis e meias dos dois netos, tudo era pago pelos avôs maternos, e os pais tinham medo de represália. E deveriam ter. Por uma besteira do genro no passado, os netos ficaram privados de ajuda financeira durante meses. As despesas extras com os filhos levaram o genro ao cheque especial e à inadimplência. Por pouco, prestações não pagas e o cartão de crédito no vermelho não arrastaram seu nome para a lista negra da Serasa.

A besteira aconteceu na festa de aniversário do filho mais novo. Para se preparar para o encontro com os sogros, o genro passou antes pelo bar que frequentava na rua Marquês de Abrantes. Tinha de desopilar o fígado e recalibrar o humor. Três copos de Ypioca com Cinzano desceram garganta abaixo em direção ao estômago vazio. Frente a frente com os sogros, complementou o traçado com latinhas e mais latinhas de cerveja Skol, armazenadas na geladeira. Não chegou a transpor a porta do banheiro, vomitou ali mesmo, na sala, onde se reuniam avós, pais e netos em torno do bolo de aniversário e dos parabéns para você nesta data feliz.

Família reunida jamais será vencida. Juntos, pais e netos tomaram a decisão de não voltar à casa dos avós. Com desculpas esfarrapadas, não compareceram por várias vezes seguidas ao lanche que lhes era oferecido semanalmente. No terceiro mês, cedo pela manhã, antes da missa das dez, seu Henrique telefonou para a filha. Dona Cocota tinha jogado a toalha no ringue. Não podia passar sem os netos. Pedia que, por favor, viessem todos às cinco da tarde.

Homem que casava com filha do seu Henrique e dona Cocota não prestava. Passou a prestar menos depois da cena de bebedeira e vômito do genro e menos ainda quando Madu começou a me namorar.

Imagino. *Mais um pé-rapado, sem eira nem beira. Não me engana esse rapazinho que se diz relações-públicas de empresas teatrais e de estrelas da televisão. Seu namorado, filhinha, gosta mesmo é de ficar batendo perna pelos calçadões da zona sul à procura de moças sonhadoras e incautas, como você. Ele fica de olho nas ingênuas e dá o bote. Conheço esse tipo de velhaco. Caiu na rede, ele se regala de graça. Esse serviço dele é pra boi dormir. Gente que trabalha, que gosta de trabalhar, que ganha a vida com suor, é gente que assina ponto e tem carteira de trabalho assinada. Mostra o contracheque a quem duvidar. Maduzinha, desconfie. Desconfie do mandrião. Enquanto é tempo, desconfie desse maratonista das calçadas.*

Imagino seu Henrique, funcionário aposentado do Detran, grosseirão no modo de falar e de agir com as filhas. *Dê um chute na canela dele. Dê-lhe um chutaço, derrube-o, antes que ele te jogue pra corner. Na sarjeta é que ele deveria estar, e é para a sarjeta que ele quer te levar, minha filha, e vai.*
Imagino a irmã mais velha. *Sinto muito, Madu, afinal você é minha irmã. Não queria fazer isso com você. Na família, você é quem menos merece um* não. *Mas você tanto quanto eu conhece o papai e a mamãe. Para ele qualquer infração tem de ser punida com multa. Xilindró para quem não pagar a multa. Com dois filhos e no preço que as coisas andam no supermercado, não dá para desprezar o dinheirinho de aposentado, que ele põe todo mês aqui em casa. Hoje, quando beijei o maridão e despachei os meninos para a escola, me deu um nó no coração. Tive a impressão de que ia ter um treco, um infarto, sei lá.*
Madalena era filha de portugueses nascidos no Brasil. Alta e esguia, de pele clara e longos cabelos negros. Dentes brancos e sorriso largo e auspicioso. Olhos abertos e cismarentos de estátua de Buda, cintura fina e seios empinados. Braços e pernas alvos e roliços equilibravam e realçavam seu caminhar. Bela estampa. Tão logo a vi, vestida de modo singelo e em nada convencional, fiquei fascinado pela sua beleza de oásis no deserto. Ela me levava de volta aos antigos filmes de Dorothy Lamour e de Esther Williams e aos folguedos da adolescência masturbatória na Tijuca.
Madalena era o oposto das moças emperiquitadas e perfumadas e das jovens senhoras enrugadas e glamourosas, que passei a frequentar a partir do momento em que, no maior miserê, fui instado por um velho colega de ginásio, então redator no *Jornal do Brasil*, a virar relações-públicas do pessoal da classe artística. A lei Rouanet tinha vindo para ficar. Na

área de entretenimento, havia trabalho para cavadores, galinhos de briga e bicões.

"Você é um deles", vaticinou meu amigo.

Apresentou-me, então, ao empresário e agente de Paulo Autran, que me encaminhou a alguns produtores teatrais da praça. Aprumei-me por conta própria.

Sou boa-pinta, bom de papo e de fácil convivência no cotidiano. Assumida a profissão, distanciei-me da rodinha dos amigos tijucanos e, no *foyer* dos teatros ou na pré-estreia de filme nacional, virei presa da alegre fauna dos festeiros. Ao lado do guichê da bilheteria, de posse dos ingressos de cortesia, sabia acalmar a sanha dos interesseiros. No mais, cercava-me das atrizes, que se faziam acompanhar dos respectivos egos.

Eu me submetia com respeito e docilidade à solidão amorosa das moças e das jovens senhoras do teatro, televisão e cinema. Sentado no divã do camarim ou deitado na cama do apartamento, o *promoter* era o estepe da hora. Sem preconceito de qualquer espécie, quebrava o galho com a desejada competência e assiduidade. Mas o feijão com arroz das tardes libertinas não queria ser vista comigo à noite, em ambiente onde a curiosidade alheia espichava os olhos e a objetiva indiscreta da câmara fotográfica se agigantava.

O sucesso nas artes do marketing e da sedução me frustrava sentimentalmente. Passava por rapaz solitário, sem na verdade o ser. O relações-públicas prestativo precisava duma companheira para a vida noturna. Madalena caiu como uma luva.

Os pais broncos de Madalena eram descendentes de portugueses e geraram uma filha sincera, que tinha ideias curtas e quilômetros de beleza. Só no comportamento e no caráter é que se pode perceber a diferença de atitude entre o descendente de português e o carioca tijucano. Aquele é pesado e áspero no trato e, diante de qualquer contrariedade, esbanja o mau gênio. Com grosserias e insultos, agride o desafeto. Sem ser obtuso, nunca demonstra grande inteligência. Já o tijucano é melífluo, ligeiramente afetado, quase uma cocote de calças compridas, capaz de inverter, com uma palavra feliz ou uma piada, a situação desagradável criada pelo outro. Ao final, os desafetos tijucanos se reencontravam na galhofa ou na risada e se abraçavam felizes. Na doçura de temperamento do cidadão tijucano não procure algo tão apurado quanto a lealdade.

Não somos leais.

Deveria ter escutado a tia tijucana que, na ausência da minha mãe genética, me criou. Morei em casa da tia Carolina até dar o grito de independência ou morte e alugar uma vaga num apartamento da Correa Dutra, no Catete. Tia Carol me dizia para não me espantar no amor.

"Em moça bonita, cabelos longos, ideias curtas", não cansava de me alertar.

Estava certa minha tia. Faltava ambição a Madu. Vivia com os pais e sob a tutela deles. Não se inquietava. Esperou por mim para desenferrujar as pernas e o coração. Passou a contar comigo para sair de casa à noite. Na verdade, gostava da vidinha morna e macia de todos os dias, sem preocupação financeira ou tormenta existencial. Confundia dedicação com braços cruzados, entrega com falta de iniciativa, carinho com obediência, fidelidade com apatia, prazer com indolência. Desconhecia um princípio básico da vida adulta na grande cidade. A sobremesa é o último prato duma série de vários outros temperados com cebola e sal.

Sexo me empina na vida, me desatina. Renasço. Levanto do divã ou da cama disposto a conquistar o mundo. Os mais brilhantes insights para as campanhas publicitárias de peças teatrais ou de filmes pululam naquele momento. Por Madu, ficaríamos espreguiçando no quarto do motel até o dia nascer. Não ficávamos porque ela não podia. Tinha de voltar para a casa dos pais.

Seduzido pela tranquilidade e as boas maneiras da minha companheira, passei a me satisfazer com o lado do avesso do que saíra para buscar. Eu me acostumava com a vida pachorrenta que ela levava antes de me conhecer. Durante dois ou três meses, oscilei entre dois provérbios da tia Carol, que sabia das coisas.

Você pode buscar lã e sair tosquiado, ou pode perder a lã sem perder a ovelha.

Tinha que decidir entre o sucesso profissional do pastor, que conduzia as estrelas do nosso teatro e cinema pelos meios de comunicação de massa, e o cuidado com o carinhoso animal de cabelos longos e negros, que encantava e inebriava meus cinco sentidos. Tomei a decisão na noite em que fomos ao Teatro Villa-Lobos. Eu saíra em busca dum *spot* que, à noite, me destacasse junto às clientes, aos conhecidos e à imprensa, e tinha encontrado um espelho que refletia o cenário aprazível e acolhedor duma boa alma feminina, gentil e generosa. Madu não trazia luz para me iluminar em público. Sob o domínio de Madalena, passei a experimentar um leve e imperceptível desprezo por mim.

No laço que armei para seduzi-la caí eu.

A gota d'água. Ao final da pré-estreia do filme *Central do Brasil*, do Waltinho Moreira Salles, fui cumprimentar Fernanda Montenegro e dar-lhe os parabéns pelo notável desempenho. Estava com Madu. A grande dama nos distinguiu. Ao receber meu cartão de visitas, leu atentamente os dizeres e o depositou no bolso do casaquinho Chanel. Como se estivesse a contracenar comigo, olhou-me fixamente e disse: "Você vai longe, meu rapaz. É só uma questão de tempo." Em seguida, virou-se para Madu, observou-a atentamente, e de novo para mim: "Sua namorada é um amor." Desconfiei da observação inesperada e elogiosa, sincera na certa.

A perfídia tinha tomado conta das minhas inquietações. Detectei uma pontinha de ironia no brilho dos olhos da atriz. E fiquei feliz com a minha perspicácia, que dava força aos provérbios da tia Carol. Sem dúvida, Madu era *um amor*, só que afrouxava, desinquietava e esfriava o pastor das estrelas do nosso teatro e cinema. Para não sair tosquiado da empreitada profissional, perderia a ovelha sem perder a lã.

Na noite em que rompemos o namoro e em que fiquei plantado no bar do calçadão do Leme, tinha ingressos para a peça *Ensina-me a viver*, baseada no filme *Harold & Maude* e antigo sucesso de madame Henriette Morineau nos palcos brasileiros. O papel da velha senhora apaixonada pela vida era interpretado por Carmen Dolores, que me tinha contratado como *promoter* do espetáculo. Fiz um belo trabalho junto aos jornais, rádios e canais de televisão, e o antigo sucesso do cinema hollywoodiano e do teatro nacional remoçou e arrebentava a boca do balão. As maravilhosas críticas nos jornais levavam o teatro a botar espectadores pelo ladrão. Carmen Dolores estava definitivamente relançada.

Lembro-me. Enquanto esperávamos a cortina subir, conversei com Madu a respeito de Carmen Dolores, que ela conhecia de ouvir falar. No último encontro, Carmen tinha me pedido para arranjar uma pessoa para trabalhar em sua casa, que fosse pau para toda obra. A tarefa não fazia parte das atividades contratuais, mas não me custava fazer-lhe o favor.

Eu tinha abandonado o meio familiar tijucano e, no quesito procura-se uma doméstica, precisava da ajuda da dona Cocota e de suas vizinhas. Por isso, tive de driblar a ansiedade da namorada, de olhos enfeitiçados pelas cortinas coloridas do palco. Virou-se finalmente para mim, demonstrando curiosidade sobre a vida da artista. Aproveitei o interesse para entrar em detalhes sobre a empregada que ela buscava.

Carmen estava de volta aos tempos de glória no teatro de revista e morava sozinha na rua Barão da Torre, em Ipanema. Era solteirona e de costumes sóbrios. Digamos que tinha ultrapassado a casa dos cinquenta. Os ensaios e as representações no Villa-Lobos e as recentes gravações diurnas nos estúdios do Projac, mais as entrevistas e o tempo perdido com costureira, fonoaudióloga, cabeleireiro, manicure e massagista se somavam à idade que avançava sem desmerecimento para a balzaquiana. Não tinha um minuto de folga. Como eu me ocupava da imagem dela junto ao novo público, tinha de pegar no rescaldo as lembranças duma das dez ex-certinhas do Lalau e transformar a vedete da praça Tiradentes numa retumbante atriz dramática da zona sul.

A volta ao status de estrela de primeira grandeza requeria que alguém passasse a tomar conta do apartamento. Do supermercado às farmácias e às Lojas Americanas, da vassoura ao pano de pó e ao aspirador, das panelas aos pratos e aos talheres, da máquina de lavar roupa ao ferro de passar e à lavanderia, do interfone ao celular e aos e-mails. Deviam ser evitados os fãs inconvenientes e as perguntas indiscretas dos repórteres. A pessoa tinha de ser trabalhadora e alfabetizada, doméstica e secretária particular. O salário era acima da média.

Despedida pelo namorado, enxotada de casa pelos pais, mal acolhida pela irmã mais velha, pela primeira vez na vida

Madu foi obrigada a se virar sozinha para ganhar algum. Veio-lhe à lembrança nossa conversa antes da encenação de *Ensina-me a viver*. Seria ela a candidata ao emprego. Iria à luta por decisão própria.

Não era difícil localizar na rua Barão da Torre o edifício onde mora Carmen Dolores. A atriz é tão conhecida entre os moradores de Ipanema quanto entre os favelados da Rocinha e os sertanejos da Amazônia.

A imagem que Carmen passa é de grande agrado popular. Na telinha, exibe os seios fartos de ex-vedete dos palcos da praça Tiradentes e, nas fotos dos jornais e revistas, os cílios longos e negros de olhos espevitados lhe dão um jeitão maroto de viúva esperta, que se fantasia de ex-aluna aplicada do Instituto de Educação, menina-moça ingênua e atrevida. Em cena, desmunheca na gesticulação e nos trejeitos. É maliciosa e debochada nas caretas. No entanto, tem dicção impecável, oriunda dos velhos tempos em que, diante do espelho, imitava Dulcina e Cacilda Becker, que reinavam soberanas nos palcos brasileiros.

Se eu fechasse os olhos diante do televisor ou do palco, tinha a impressão de que ouvia a professora de literatura do Colégio Pedro II da Tijuca, ou atriz de filme inglês. Da sua boca não saía uma única palavra de baixo calão. Carmen saltou da peça *Ensina-me a viver* para a condição de nova estrela da novela de Manoel Carlos. O texto sofisticado do noveleiro paulista era dito direitinho, acertadinho, certinho por Carmen. Manoel Carlos caprichou nos vários personagens de cocote amadurecida pela experiência e abichalhada, que criou para ela. Encantaram gregos e troianos.

Imagino. *Madu localizou o prédio onde mora a atriz. Está diante do porteiro. Diz que quer ver dona Carmen Dolores. Men-*

te. Diz que vem da parte do secretário particular dela, o senhor o conhece, não? O porteiro lhe diz que me conhece e em seguida lhe informa que não poderia incomodar dona Carmen a essa hora. Tinha ordem de só fazer soar o interfone no apartamento depois do meio-dia. É uma atriz de teatro, acrescenta ele, como para se justificar ou justificar o capricho da moradora. Madu pergunta se pode esperar na portaria. Pode. Se quiser, pode tomar assento na poltrona e assistir ao programa do Louro José. O tempo passa mais depressa. Madu se assenta na poltrona, já sabendo – ela sabia desde a manhã em que a irmã mais velha lhe negou abrigo por mais de uma semana – o que iria dizer à atriz. Seria franca e sincera. Nada esconderia ou camuflaria. Diria a verdade para ganhar a confiança da futura patroa, para não haver sombra de dúvida sobre seu relacionamento com os familiares e comigo.

Ao acolher Madalena em seu apartamento, Carmen ficou sabendo que Madu estava ali por conta própria. Também ficou sabendo tim-tim por tim-tim da conversa dentro do Teatro Villa-Lobos, à saída do teatro e no calçadão do Leme. Não lhe foram sonegados detalhes sobre a má acolhida na casa dos pais e no apartamento da irmã mais velha.

A moça estava abandonada na cidade onde tinha nascido. Confiava em Carmen Dolores, como um dia tinha confiado em mim. Cabia a ela, só a ela, decidir se a contratava, ou não, oferecendo-lhe, ou não, abrigo.

Madu fazia uma única exigência. Caso ela se tornasse empregada da casa, que seu ex-namorado de nada soubesse. Que tudo permanecesse em segredo, guardado entre as quatro paredes do apartamento.

Indiretamente, Carmen me comunicava a razão pela qual ela tinha se distanciado de mim depois do belo trabalho de marketing que fizera para a peça *Ensina-me a viver* e a favor dela.

Carmen ofegava ao telefone. Queria encontrar-me urgentemente. Urgentemente, repetiu. Estava muito preocupada com o destino de Madalena. Não iria receber-me em casa. Teríamos de nos ver em território neutro para uma conversa pessoal, muito pessoal. Seria no botequim Belmonte, na praça General Osório, às quatro da tarde. Ela morava nas redondezas e estava atuando numa peça no Teatro Laura Alvim. Se eu não quisesse tomar chope, poderia me deliciar com uns pasteizinhos di-vi-nos (com que graça ela diz esse tipo de palavra!), recheados de camarão com queijo catupiri. Eu lá estaria no horário combinado.

Durante a conversa telefônica, estranhei as várias alusões à antiga namorada. Não era a mim, seu antigo *promoter*, que queria ver. Quis interrompê-la aqui e ali, dizendo que havia uns três anos que tinha rompido o namoro com Madalena, mas optei pelo silêncio.

Sem conseguir adivinhar, queria adivinhar o teor da futura conversa no Belmonte. Escondido por três anos nos bastidores, o fantasma de Madu reganhava o palco pelas mãos da atriz da peça *Ensina-me a viver* e me elegia como antagonista. Madu não ressurgia iluminada por fala. Estava muda. Lá no alto, as luzes das gambiarras prenunciavam raios e trovoadas para a cena. Será que eu deveria sair correndo para a agência bancária a fim de saber a quantas anda meu saldo, ou seria melhor continuar consultando minha fantasia? Se cada doido tem suas doidices, Madu tinha suas tolices. Durante três anos, por onde teriam andado suas pernas, seu rosto e seu coração? Que cachorrada seu Henrique e dona Cocota e a irmã mais velha lhe tinham aprontado? O que estava sendo maquinado por Madu nos domínios de Carmen para que o encontro fosse marcado em terreno neutro?

Recolhi-me à insignificância e ao desassossego. Nada a fazer. Esperar o encontro com Carmen no Belmonte.

Como atriz que se delicia com as delicadas sonoridades do *script* a ser dito, Carmen tinha a febre da abundância de palavras. Era incapaz de dizer "vou hoje ao cinema". Descrevia, antes, o dia, a hora e o tempo, dava detalhes sobre a roupa, as joias e o perfume, explicava o motivo pelo qual tinha escolhido aquele filme em cartaz e não algum outro. Por isso, salto as muitas e duras frases de Carmen, que abriram o leque da fala com todos os sinônimos de *canalha* e de *bandido* a me adjetivarem.

Antes de a antagonista entrar, as luzes da gambiarra prenunciaram relâmpagos e trovões. O temporal desabava no palco do Belmonte. A atriz veterana e o jovem *promoter* foram para o terceiro chope, esquecidos dos pasteizinhos divinos.

Salto também os detalhes do pedido de emprego feito por Madu e da sua contratação. O leque da fala sobre minha ex-namorada se abria para todos os sinônimos de *joia rara*. Meu nome voltou rapidamente aos lábios de Carmen, agora para receber os sinônimos de *capeta* e de *demônio*, a serem somados aos de *bandido* e de *canalha*. Como bruxa de peça de Shakespeare, Carmen rogava-me pragas.

Em casa de Carmen, Madu seguia uma rotina de trabalho em que nada ficava sujo ou por limpar, fora do lugar e da sua hora, ou à espera duma recomendação ou do grito de desespero da patroa. Madu era barômetro da vida e adivinha dos desejos terrenos da patroa. Esta, ao meio-dia, hora em que lhe era servido o café da manhã, não precisava verbalizar as próximas tarefas de Madu. O serviço a ser feito ficava pronto antes do tempo. Ao anúncio de turbulência à frente, o piloto não recomenda que se ate por precaução o cinto de segurança? A vontade de Carmen era satisfeita antes que se anunciasse a necessidade. Estava encantada com o serviço prestado pela doméstica e secretária. Sua rotina ganhava a paz e a ordem, de que a atriz carecia. Quis transferir Madu para o camarim do teatro. Era bonita e bem-apessoada, eficiente e educada. Causaria inveja aos colegas de profissão e aos amigos que, depois do espetáculo, fossem cumprimentá-la. Mas que falta não faria no apartamento!

Imagino. *Machucada pelo namorado e murcha, Madu se adentra com a mala pelo apartamento de Carmen Dolores. Vai ocupar o quartinho da área de serviço. Ao desabrochar, a flor recebe de chofre uma tempestade de granizo. Encontrado o abrigo, mas a se despetalar devido às afrontas sucessivas, a flor volta a florescer por ser útil ao próximo. À medida que perde o mundo, Madu o reganha. Decide repovoá-lo a partir do zero, com a gentalha que enxerga nas ruas por onde circula a trabalho.*

A atriz abriu um longo silêncio na fala. Dele participei, e só o dei por terminado para sugerir que se pedisse alguma coisa para forrar o estômago. Tínhamos passado dos cinco chopes. Ela concordou e lá veio o cumim carregando o tabuleiro, onde empadas abraçavam pastéis, casquinhas de siri e outros salgadinhos. Recusei a oferta, dizendo a Carmen que iria direto aos pasteizinhos prometidos, de camarão com queijo catupiri. Ela pediu uma porção. Os pastéis eram fritos na hora. Esperamos a cestinha de metal em silêncio. Em silêncio, trocávamos olhares (os dela ainda furibundos; os meus, submissos e sem camuflar mais a curiosidade com indiferença) e decidimos enfrentar os pastéis quentes.

A primeira dentada abria uma fresta no pastel. Por ela escorria o queijo amanteigado derretido, deixando engordurado o guardanapo de papel. Um jato de queijo espirrado escapou do guardanapo de Carmen e manchou sua blusa de seda palha, passada de maneira impecável. Ela pediu ao garçom uma vasilha com água quente e um guardanapo de pano.

Inconveniente, a blusa ficou molhada à altura do seio direito, a descobrir a pele e a meia taça do sutiã.

Lá de longe, o garçom não tirava os olhos.

Não dizem que o minuto de silêncio é a condição para a boa fruta madura? Para continuar a conversa sem enveredar pelas grotas da maledicência, Carmen buscava palavras amadurecidas pelo sol humilde do outono carioca. A fruta estava mais do que madura e, apodrecida, se esborrachava no tampo da mesa.

Madalena levava vida dupla em casa de Carmen.

A atriz não disse, eu pensei: *santinha do pau oco. Como me deixei ser enganado por ela.*

A segunda vida de Madu se iniciou na portaria do prédio e continuou pelas ruas adjacentes à Barão da Torre.

O vigia do prédio foi seu primeiro amante. Já barrigudo em virtude da vida noturna sedentária, era alto e forte e vinha de alguma favela perdida na zona norte da cidade. Chegava mais cedo para pegar o serviço. Tinha mulher e dois filhos e mania de mendigar o jantar junto aos moradores mais generosos. Madu não se fez de rogada. Servia-lhe o prato de comida na cozinha, onde, de quarta-feira a domingo, reinava sozinha depois das sete horas. Carmen tomava um lanche suculento às cinco da tarde e só jantava depois da meia-noite, mesmo nos dias em que não tinha compromisso no teatro.

Imagino. *Madu descobre que ainda há seres humanos na face da Terra. Serve à patroa, serve ao porteiro, serve ao faxinei-*

ro, serve ao vigia noturno, e a quem mais se adentrar no espaço dos seus olhos. Cada um dos amantes é digno de cuidado e todos a envolvem como um só cobertor, reanimando de vida o cadáver que tinha se afundado no oceano das grandes expectativas. Presta serviço sem esperar recompensa. Materializa o amor perdido pela dádiva, que não privilegia apenas a patroa. Concretiza-o com a figura – uma seguida à anterior – dos rapazes circundantes. Madu desestabilizou, não desestabiliza mais. Madu se angustiou, não se angustia mais. Derrapou e perdeu a direção. Mas traz as mãos ingênuas e fiéis de quem nunca trabalhou e a segurança de quem sempre teve como propósito de vida a entrega ao outro. O corpo de Madu adquiriu a ferocidade de quem se remói em saudades das artimanhas da sedução. Não espera o retorno do sedutor. A espera não suporta mais a própria espera. Tinha sido estraçalhada por um namoro passageiro e estúpido. Ela renasce sedenta e faminta. Sai em busca de alimento. Troca alimento por alimento. Alguma coisa aprendeu. Cobra taxa pela dádiva. Não quer deixar por menos. Nunca mais deixará por menos. Ganhou direito ao seu quinhão de prazer ensimesmado.

    Eu quis dizer a Carmen qualquer coisa que confluiria para a mistura de lembranças e de reações às palavras que escutava, e não consegui. Minha alma se atormentava. Como em tão curto espaço de tempo Madu pôde alcançar total liberdade para gozar a vida? Trocara a doce insônia do sonho amoroso por armas sexuais eficientes. Mesmo se inúteis e inofensivas, ela tinha as armas nas mãos. Não se afligia com a dor da separação. Desvencilhara-se da ideia de morte, para não sofrer com a ausência do primeiro e definitivo amor. Essa constatação me desesperava, e incitava o paspalhão em que me transformara a querer dar por terminado o relato de Carmen.

Eu perdi, ela ganha. É isso? Tudo subtraído e somado, noves fora, zero. É isso?

Colocada contra a parede pelo relato de Carmen, minha sobrevida como relações-públicas era digna de zombaria. Julgando-me ridículo, quis pedir a saideira ao garçom e dizer a Carmen que tudo bem, você tem razão, sou o bandido e o canalha que se saiu mal da enrascada amorosa, enquanto a joia rara, a fera ferida, se mostra melhor que a receita.

Sou grosseiro, mas não o sou socialmente. Nada disse.

Carmen passou a descrever o rosto de Madu, cujo olhar tresloucado revelava a alma em polvorosa. Sua pele branca de filha de europeus se tornara transparente, semelhante às dessas cortesãs de filme francês. Não satisfeita, foi enumerando os amantes de Madu por ordem de profissão. Era a multidão de pilantras anônimos que, despejados dos ônibus em Ipanema, pululavam das oito da manhã até as seis da tarde no bairro de classe média da zona sul carioca. Nas horas de folga e depois do expediente, podiam ser entrevistos nos botequins das ruas transversais à Visconde de Pirajá. Trabalhavam nas portarias, nas lojas de tênis, nos supermercados, nas lanchonetes, nos restaurantes, nas farmácias, nos salões de beleza, nos bancos, nas lavanderias e nas copiadoras da vizinhança. Ela os encontrava ao acaso das necessidades da casa e da patroa. Faziam parte do seu périplo diário ou semanal.

Não havia exceção. Todos se encantavam com a nova moça que trabalhava para dona Carmen, como dela eu me encantara um dia ao acaso duma topada no shopping Rio Sul, de Botafogo.

Carmen se assustava com o aspecto físico de alguns dos namorados e não entendia a disparidade das falas mambembes e dos rostos encardidos pela pobreza, a proporção desajeitada dos corpos e a multiplicidade dos cortes de cabelo, as roupas previsíveis e estapafúrdias e o modo de serviçais educados e aventureiros. Disse-me que, entre os com e sem brinquinho na orelha, entre os com e sem corrente de ouro no pescoço, tentou encontrar um denominador comum. Queria dar força ao homem que sobressaísse como honesto e digno da beleza, da dedicação e da delicadeza da minha antiga namorada. Não o encontrou, tal o nível de promiscuidade sentimental a que Madu tinha chegado.

No calor da noite transitória, Madu se interna no quartinho da área de serviço para celebrar os mais diferentes corpos masculinos que lhe apetecem.

Imagino. *De posse das novas armas sexuais, Madu busca outras. O parafuso ajusta o corpo para as intenções do lucro íntimo. Martelo e prego firmam as partes desarticuladas da sensibilidade. O espinho robustece a pele. Só o punhal dilacera o outro, e é o único objeto que não lhe é alheio, já que ele prolonga suas mãos sedentas e famintas. É como se ela buscasse no facão da cozinha a força desenvolvida pela dor, para que da ferida alheia brotassem a alegria e a felicidade que lhe foram negadas. Só a distrai o dever de criar para si uma nova vida.*

Na verdade, não há motivo para Carmen se preocupar com o destino de Madu – assim pensava eu, já distraído da lenga-lenga que estava sendo obrigado a ouvir.

Não imagino mais. Relembro, como se só agora estivesse de fato no Belmonte, frente a frente com Carmen.

Relembro. *Recheada por aplicações sucessivas de botox, a testa de Carmen Dolores se exprime e se dilacera em rugas que eu desconhecia. Exagerados pelo batom carmesim, sua marca registrada, os lábios ressecados se esgarçam num ricto afrescalhado que, antes, era apenas insinuado. Ao sabor das dúvidas* ou das convicções, os ombros se adiantam ao corpo, ou se jogam de maneira petulante para trás, a fim de que a cabeça, adornada pelo penteado cuidadoso e artificial, se arvore em movimento também exagerado para frente ou para trás, como se fosse ela soberana no palco do Belmonte. A garganta produz e acumula saliva como se não estivesse se refrescando com o chope gelado e se deliciando com os divinos pasteizinhos de camarão e queijo catupiri, fritos na hora. As palavras saem bem articuladas e nítidas, é claro, mas carregadas do sumo secretado pelas vísceras em dia de grande excitação. As frases se alongam como rios afluentes em busca do magnífico caudal do Amazonas. Os seios se empinam arfantes e, meio que inconvenientes devido ao tecido empapado pela água quente, se insinuam destemidos e encorajantes em direção aos olhos do garçom que nos serviu e nos espia de longe. As mãos são ágeis e dóceis e, como se ensaiadas pelos meninos de rua que ganham a moeda de um real com os jogos malabares nas esquinas, prolongam os braços com a musculação em dia. Eles se abrem e se fecham nas mil gradações da dobra em V. De repente, os cotovelos exigem como apoio o tampo da mesa e, pela perda da liberdade, imobilizam os braços, deixando as mãos espalmadas e fixas enquadrarem o rosto, como numa foto 3x4. Sob o efeito da iluminação ambiente, sua máscara histriônica de olhos negros e de longos cílios estaria sendo mais bem apreciada.

    Só agora me dou conta. Há dias, Carmen Dolores me telefonou, marcou encontro no Belmonte e falou frases e mais frases com o apoio e o reforço de cada parte do corpo. Não queria me culpar ou me machucar. Não queria ajuda para salvar minha ex-namorada ou para afastá-la do mau caminho. Na verdade, queria dizer-me que envelhecia com rancores. Carmen Dolores sentia inveja da guapa e corajosa Madalena.

MODESTO

Ainda desconheço a verdadeira razão para eu ter ido morar no apartamento da Rosa.
Por carência afetiva.
Apesar de correta e válida, a justificativa não pode ser declarada como o motivo real.
Por apetite sexual não satisfeito.
Em parte mentira. Em parte verdade: a carne fraca tinha decidido evitar as relações sexuais promíscuas, que se quintuplicavam na idade madura. Ao jogar na lata de lixo as parcerias acidentais, substituindo-as pelo companheirismo sob o mesmo teto, tornava-me cúmplice dos novos tempos castos.
Por medo das doenças sexualmente transmissíveis.
Carência afetiva e refúgio para o medo da morte prematura tampouco são a verdadeira razão para eu ter ido morar no apartamento da Rosa. A verdadeira razão para o acasalamento é consequência duma força sadia e covarde, que vem lá do fundo do coração. No passado, a força brotou algumas vezes nas minhas

entranhas, ganhou fôlego e transbordou para a parceira e a vida cotidiana. O resultado final dos vários e passageiros envolvimentos amorosos só serviu para desorientar o jovem suburbano careta e perturbar a vida do incauto homem solitário. Da noite para o dia, a parte lesada da alma foi à luta e fez de mim um adorável *free lancer* do sexo. Com meu *alter ego*, aprendi a trocar de mulheres. Dei-lhe adeus ao encontrar a Rosa.

A verdadeira razão para eu ter ido morar no apartamento da Rosa deveria ter sido o retorno na idade madura daquela força sadia e covarde, enfraquecida pelos sucessivos fiascos. Não foi. Pensava que no caso de voltar a ficar com as mãos abanando, eu poderia sair moralmente fortalecido da separação, sem revigorar as antigas lesões sentimentais. Não a amava. De volta à casinha na Baixada, eu estaria a vingar – e não a suportar de novo – os passa-foras recebidos no passado.

Já no apartamento da Rosa, com direito à cama, à sala e à cozinha, dei-me conta de que nunca seria amoroso o sinal distintivo do novo casal. Sem meias tintas, seria estritamente financeiro. Todas as despesas domésticas deveriam ser compartilhadas de maneira fraterna.

Éramos um casal feliz? Éramos. Dávamo-nos bem no bate-bola e no calor intenso da cama? Dávamo-nos. Não a amava, no entanto.

Assim pensava eu nos primeiros meses de companheirismo, quando tudo indicava que o sexo satisfatório para as partes seria a marca registrada da nossa convivência debaixo do mesmo teto.

Nove anos mais tarde, já não penso como antes. Um acontecimento inesperado, e virei outro.

Será que somos felizes no dia de hoje? Aparentemente, somos. Os preliminares e a transa? Virou um negócio complicado. A vida sexual *caliente* foi botada para escanteio e, na cama, as jogadas de ataque, defesa e contra-ataque perderam a intensidade e a chama que as coroava. Às vezes, não há desenlace feliz.

Quero saber é se passei a amar a Rosa depois do que aconteceu comigo no dia 20 de janeiro de 2009.

Acrescento que a mudança de localidade e de domicílio não foi conquista de alguma manobra esperta minha nem produto de trama armada pela conveniência. Estaria mentindo se dissesse que a malandragem do macho suburbano tinha bolado e posto em prática um plano para eu chegar ao almejado bem-estar doméstico, conjugal e profissional em bairro do centro carioca.

Em acerto de contas como este, solitário, consciente e silencioso, não é legal mentir diante do espelho. Vira corcunda quem dá e depois tira – minha falecida mãe asseverava.

De posse dos respectivos contracheques, seria fácil demonstrar que a desproporção no valor dos salários e comissões não justificava minha mudança para o apartamento da Rosa. Eu ganhava um pouco mais. Na hora da fusão dos corpos, se tivéssemos buscado a harmonia financeira no caixa doméstico, era a companheira que deveria ter ido morar comigo na Baixada. Não propôs nem foi. Aliás, ninguém propôs nada. As circunstâncias propiciaram a superação do impasse que, na verdade, não existiu, e lá fui eu morar no bairro da Lapa. De mala e cuia.

Mudei de domicílio num dezembro festivo do ano que abriu as portas para os próximos mil anos. Vida nova em janeiro de 2001. Começo de ano, novo milênio. Tranquei a sete chaves a casa que tinha herdado dos falecidos pais mineiros, localizada em Duque de Caxias. Sentia-me bem instalado no apartamento da Lapa.

Por ocasião da compra do imóvel, Rosa cobriu a parcela de entrada, pagando-a diretamente à construtora. Cobriu também a compra dos móveis da sala e do quarto e os utensílios de copa e cozinha. Os variados gastos iniciais tinham vindo de dinheiro da poupança – foi o que ela me informou quando fui apresentado ao apartamento. Um misterioso dinheiro de poupança.

Em meados do ano de 2001, quando o frio carioca batia à janela do apartamento, Rosa e eu fomos receptivos ao aceno duns bons cobres pelo aluguel da casa vazia em Caxias. Destranquei o cadeado do portão da rua. Reabri as portas da frente e dos fundos e as muitas janelas. Arejei o ambiente a caminho do abandono e do pó, das baratas e dos ratos. Mandei um moleque da vizinhança capinar o jardim e o terreiro. Com os móveis, o fogão e a geladeira antigos, mais os utensílios domésticos, aluguei a casinha para uma família cearense, recém-chegada à Baixada Fluminense.

Já então Rosa tinha sido promovida de caixa a supervisor do supermercado Mundial. Primeiro supervisor do sexo feminino na rede. O novo salário era mais polpudo que o anterior, mas não suficientemente polpudo para rechear uma conta poupança. Palavra de especialista.

Eu pagava o condomínio do apartamento de sala e um quarto, banheiro e cozinha, mas sem dependência de empregada, e as contas de luz, gás e telefone e a da televisão a cabo. Os celulares corriam por conta de cada um dos usuários. Ela quitava na Caixa Econômica a prestação mensal imobiliária e pagava o IPTU, e eu cobria todas as despesas de manutenção da cozinha. Com *expertise*, ela pilotava o fogão e os aparelhos eletrodomésticos. Servia-nos o café da manhã e o jantar. Cada macaco no seu trabalho, almoçávamos na rua. Nas colunas de crédito e débito em alimentação, elas por elas. Pelo menos, no que se referia à gororoba caseira. Se julgar que, como cozinheira, arrumadeira e lavadeira, ela tinha direito a salário extra, passo a acreditar que a desproporção no valor dos contracheques não era tão chocante.

Aos sábados à noite, saíamos os dois para nos divertir. Aos domingos, acordávamos por volta das dez. Nem ela nem eu frequentávamos igreja. Às duas da tarde, saíamos para o ajantarado e jogar conversa fora. Sempre paguei o ingresso do cinema. Sessão das quatro ou das seis. Cedo na vida, a Rosa fora obrigada a dizer adeus à casa paterna e aos pampas gaúchos. Eu não alcançava o motivo. Feita a pergunta sobre a causa para a renúncia e a escapada para o Rio de Janeiro, ela a respondia pelas feições sombrias do rosto e o silêncio. Meus pais deixaram os parentes em Minas Gerais; o filho único, as amizades de infância e juventude em Duque de Caxias.

De segunda a sexta-feira o casal chegava exaurido em casa e, depois do banho e da janta, relaxávamo-nos assistindo aos programas de televisão. Rosa, a novela das oito. Era dela o aparelho até as dez horas. Também reivindicava o direito exclusivo de fazer comentários em torno da trama sentimental e sobre o modo de viver, vestir, pentear e maquiar dos artistas – moças, rapazes e idosos, nessa ordem. Não descobria se ela emprestava duplo sentido maldoso a algumas expressões e modismos e se certas palavras eram indiretas para mim.

Confiar desconfiando, eis meu lema de então. Minha cisma fincava o pé no orçamento doméstico partilhado e no seu sorriso de Mona Lisa, de olhos fixos e desapegados, tomados pela imagem da televisão.

Ao deixar a sala, ela me passava o controle remoto do aparelho. Ia ao banheiro e, pouco depois, se recolhia ao quarto de dormir. A partir das dez, eu assistia sozinho ao jogo de futebol ou a algum programa esportivo.

Reencontrávamo-nos deitados. Sem pijama e sem camisola, pelados – tornou-se hábito o costume iniciado em janeiro, auge do verão carioca. Ela já menos tensa e eu mais afoito (nunca fui desportista, mas imagens de futebol na telinha me excitam sexualmente). Dávamos início ao embate de todas as noites. O despertador nos acordava às seis e meia. Eu era o segundo a me levantar. Quando punha os pés na cozinha, banhado, barbeado e vestido, estava posta a mesa com o café da manhã.

Quando íamos ao pé de chinelo da esquina ou a algum restaurante da Cinelândia, ela cobria as despesas com a bebida: os sucessivos chopes que eu tomava e os poucos que ela bebericava. Esvaziado o meu copo, o garçom trazia o seguinte. Eu pagava os belisquetes, os pratos escolhidos no cardápio ou a pizza. Marguerita – preferia ela. Portuguesa – queria eu. Pedíamos *mezzo a mezzo* ao pizzaiolo. Os valores desiguais nos respectivos contracheques eram contrabalançados pela diferença entre o preço da bebida alcoólica e o da comida, e anunciavam o retorno da paridade financeira.

Saia e blusa, calcinha, meias, sapato, sutiã, bijuteria, produtos de beleza etc. – ela pagava o que vestia, calçava ou usava. Eu pagava terno, camisa, gravata e cueca, mais os sapatos e meias. Ela se responsabilizava pelos produtos de limpeza da casa, incluindo os da cozinha. Comprava-os a preço de mão beijada no supermercado, onde trabalhava. Eu trazia da drogaria os produtos de limpeza pessoal: sabonete, xampu, loção hidratante, papel higiênico, lenço de papel etc.

Nos respectivos aniversários e por ocasião do Natal, trocávamos os papéis. Eu presenteava minha companheira com bijuteria do seu agrado, enquanto ela me oferecia um frasco de colônia francesa. Eu deveria comemorar com elegância a data festiva. A imaginação na escolha de presente nunca foi o nosso forte. Há dois anos, por ocasião do Natal, dei-lhe de lembrança um aparelho de televisão LCD Semp-Toshiba, de 42 polegadas. Em bom estado, o velho foi parar nas mãos do porteiro do prédio.

Tínhamos um ajuste financeiro bem adequado à condição das partes. Constatar essa realidade não significa que a forma de aliança encontrada pelo casal teria sido a razão para eu juntar meus trapinhos na Baixada Fluminense em dezembro de 2000 e os transportar de táxi para o bairro da Lapa, com a finalidade de somá-los aos dela. Desde o início do namoro, a casa de meus falecidos pais esteve fora de cogitação. Ficava longe do nosso local de trabalho. Nos meios de transporte coletivos, desconfortáveis e superlotados, perderíamos horas preciosas de sono ou de descanso, e não sei se os respectivos patrões assumiriam os gastos no custo do transporte diário.

Quando nos conhecemos, ela trabalhava e morava na própria Lapa. Eu tinha sido transferido da Tijuca para a Glória.

Eu não era gerente nem caixa da agência do Bradesco, na Glória. Era o funcionário lá dos fundos. Ficava por detrás de portas fechadas, sem exposição ao olhar e à curiosidade dos clientes. Era o cara que, sem alvoroço nem presunção, descobria e recobria as cagadas dos caixas distraídos e dos gerentes encantadores – as verdadeiras estrelas de toda e qualquer agência bancária. Não punha os olhos em dinheiro vivo, mas não havia documento de caixa ou de gerente que não passasse pelas minhas mãos. Terminado o expediente externo da agência, ficava empilhada na minha escrivaninha a infindável papelada relativa aos atendimentos do dia. Portas da rua cerradas pelo segurança, eu virava rei sem reino.

A informatização do serviço bancário suavizou meu trabalho, não há dúvida. Quando leio que o acidente aéreo foi causado por falha humana, não duvido. Acredito piamente nas palavras do jornal. Caixa humano erra mais que caixa eletrônico – é o ex-chefe contábil da agência do Bradesco quem lhes assegura. Em matéria de correção financeira, o ser humano – homem ou mulher, jovem ou avançado na idade – é menos competente que a máquina. E é também mais vigarista. Quem é que forja assinatura falsa em cheque? Quem é que, com cartão de crédito clonado, força o caixa eletrônico ou alguma loja a cometer falcatrua? Quem é que, à luz do dia, invade uma agência bancária com metralhadora Uzi, fere os seguranças, agride os clientes e os funcionários e faz uma limpa geral?

Jovem, tive formação profissional em contabilidade. Aperfeiçoei e atualizei meus conhecimentos precários em sucessivos cursinhos técnicos que o banco oferece aos servidores e financia. Funcionários eram selecionados nos vários estados da União e despachados para São Paulo. Não era prêmio, era reconhecimento. A direção do banco apostava na gente para atualizar, uniformizar e otimizar a rotina bancária. O Bradesco pagava hotel três estrelas na Vila Madalena e as refeições. Dois em cada quarto. Homem com homem. Mulher com mulher. Conheci gente de todo o Brasil.

Passávamos três dias avivados pelas intrigas e a competição profissional, temperados pela boataria e recheados de alguma alegria na hora das comemorações. Ficávamos trancados o dia inteiro no salão de reuniões do próprio hotel, saíamos ao final do jantar em comum e, antes da meia-noite, nos recolhíamos aos respectivos quartos. Não havia como abusar nas baladas paulistas. A manhã seguinte nos esperava com as exigências das preleções técnicas sobre contabilidade e informatização, umas depois das outras.

Muita camaradagem e muita simpatia, muita angústia e muita inveja, alguma risada e pouco divertimento. Invisível e eficiente, um letreiro em neon aconselhava cautela em matéria de namoro e de transa. Perigaria a carteira de trabalho assinada.

Ao final dos três dias de estágio, cada um tomava o avião de volta à agência.

Terminado o penúltimo cursinho de aperfeiçoamento, recebi carta do escritório central do banco. Eu estava sendo transferido para uma agência da rua da Lapa, na Glória. Depois de seis anos de trabalho em Duque de Caxias, saíra para oito anos de serviço num bairro da zona norte do Rio de Janeiro. De repente, me atiravam para um bairro não tão nobre da zona central carioca, mas alegre e divertido. Eu progredia a passo de cágado e a casinha de Duque de Caxias se distanciava do local de trabalho a passadas de maratonista.

A clientela da agência era composta por comerciantes da região e funcionários públicos do estado e do município. Eles pouco tinham a ver com as multinacionais endinheiradas do centro e com a gente chique da zona sul. Nosso melhor cliente tinha sido a Manchete, agora era o Hotel Glória.

No mês de dezembro de 1999, às vésperas das festas do final de ano, o pessoal da agência foi confraternizar no restaurante Nova Capela. Rosa estava sentada na mesa dos funcionários graduados do supermercado Mundial. Nosso primeiro encontro se deu numa trombada. A necessidade fisiológica nos predispôs à cumplicidade íntima e espocou no recanto reservado do restaurante. Fomos um de encontro ao outro à entrada da porta dos banheiros. Pedi desculpas e ela também. Pretextamos distração para não pretextar os copos de chope a mais. Era como se tivéssemos sido surpreendidos em flagrante delito. Faltaram o PM e as algemas. Providenciei-os, tão logo voltei a tomar assento ao lado dos colegas do banco.

Dei-me conta. Sentávamo-nos um em frente ao outro, mas em mesas distantes. Forcei a troca de olhares. Não é fácil para um homem de meia-idade abordar e cortejar uma mulher de meia-idade. O jovem senhor parece compromissado e também a jovem senhora. Pele macilenta, rugas e cabelo branco ou tingido, roupa domingueira de trabalho e falsa familiaridade na roda de colegas conspiram a favor do sinal de alerta, que pisca pisca no ambiente.

Perigo! Adultério à vista.

Teria chegada a hora de tirar a sorte grande do casamento?

Dada a circunstância engraçada do primeiro encontro, permitia-se toda e qualquer besteira em público. Já livres dos talheres, minhas mãos se comprometiam com o copo de chope e os brindes de Feliz Natal e Próspero Ano-Novo. Tornaram-se levianas e caricatas. Eu levantava a mão direita, abaixava a esquerda. Nada de aliança – ela podia ver de lá. Levantava a esquerda, abaixava a direita. Nada de aliança. Em sua mesa, ela também exagerava no gestual de fraternidade natalina. Eu podia ver de cá – nada de aliança. Parecíamos os dois miquinhos amestrados do homem sisudo do realejo. Um trepado no ombro esquerdo e o outro no ombro direito, os dois miquinhos passaram o resto da noite a trocar olhares cúmplices. Ambos falantes, engraçados e atrevidos. Dávamos a maior bandeira.

Decidi meter a mão na cumbuca do homem do realejo e me arriscar no presente-de-amigo-oculto chamado audácia.

Levantei-me de novo e caminhei até a mesa vizinha. Ao reencontrá-la por vontade própria, desejei-lhe os votos de Boas Festas, mas na verdade estava é me apresentando. Ela entendeu a cantada em nada sutil. Estendeu-me a mão e retribuiu os votos. Passei-lhe meu cartão de visitas, como se passa a um cliente do banco o nome dado pelos pais na pia batismal.

Ela me telefonou. De telefone comercial para telefone comercial. Apresentou-se. Não sabia seu nome nem onde trabalhava, fiquei sabendo. Marcamos encontro à porta do cine Palácio, no Passeio Público. Não quis lhe dizer que morava em Duque de Caxias. Se a noitada se alongasse, pernoitaria numa pensão da Lapa. Não teria sido a primeira vez.

Afinidades nos foram acasalando por todo o ano de 2000. Sem fazer esforço, ela se espelhava em mim e, com a maior naturalidade, eu me espelhava nela. Rosa dizia uma frase, e era como se ela repetisse frase minha. Eu dizia uma frase, e era como se eu repetisse frase tirada da sua boca. De uma parte e da outra, não havia a ansiedade da escuta, o lento processo de assimilação de personalidades diferentes e menos ainda o empenho reclamado pela reflexão. Simplesmente, conversávamos. Trocávamos ideias, falando o mesmo idioma e as mesmas frases. Discorríamos sobre o tempo, os vizinhos, os ossos do ofício, os interesses e manias cotidianas, os sentimentos e fobias pessoais. Compartilhadas a priori, pequenas sensações e grandes emoções se sucediam e se somavam. Geravam observações lúcidas, ferinas ou zombeteiras sobre os colegas de trabalho. Éramos terríveis com eles e com elas.

Discordávamos em matéria de paladar. Ela preferia comida sem sal, com tempero neutro, já eu, refestelava-me com ketchup, mostarda e picantes de toda espécie. Molho Tabasco importado era presença obrigatória na mesa de jantar caseira. Nos botecos e pizzarias, pote ou vidro com pimenta malagueta.

Em retrospecto, descubro que a palavra *também* é a verdadeira razão para eu ter ido morar no apartamento da Rosa. Durante o longo namoro foi a palavra mais empregada pelos dois. *Também* repetia o encontro acidental à porta dos banheiros e emparelhava os corpos e os juntava na mesma moradia.

Em comum, tínhamos ainda o sentido duma imperiosa necessidade pessoal e profissional – a de recusar a dar continuidade a um mundo que nos era entregue de maneira desorganizada e avacalhada. Graças às nossas mãos, cada coisa saía à cata do seu lugar. Cada minuto, da sua hora. Cada dia, do seu mês. Cada ser humano, do seu par. Cada par, da sua coletividade. Cada estabelecimento comercial, industrial ou bancário, da sua função social. O mundo ofertado ao casal estava à espera dum relógio de ponto. Ser exemplar é bater o ponto na hora certa. No simples gesto matinal residia o modelo para toda e qualquer ação durante o correr do dia.

Na manhã em que alinhavo estas linhas, confesso meu sonho recôndito. Recomeçar do zero a vida profissional – ser aprendiz de relojoeiro. Peça por peça, desmontar um delicado mecanismo defeituoso, para depois, peça após peça, remontá-lo com cuidado, perícia e precisão. O defeito poderia ter sido causado por um invisível e abusivo grão de poeira, por intromissão da ferrugem corrosiva, ou pelo rompimento da corda, pouco importa. O importante é botar o dedo humano e profissional no que emperra os eixos rotativos da máquina e atravanca o inalterável caminhar circular e tranquilo, em sincronia, dos ponteiros dos minutos e das horas. Não importa a dimensão real do defeito. Qualquer defeito é defeito e tem de ser consertado com destreza.

(Herança do sonho recôndito: só entendo o que acontece depois de ter esmiuçado o fato acontecido.)

Na circulação da vida cotidiana, qualquer forma de distúrbio vira engarrafamento e degenera em tumulto, violência e desperdício de energia. Trabalhamos em dobro quando, se cada um fizesse com correção o que deve fazer, trabalharíamos pela metade. Saber economizar o tempo e o dinheiro é o principal fator do progresso pessoal e coletivo. Nas agências bancárias por que passei, desde cedo os patrões me investiram da função de fiscal de trânsito do dinheiro. A mágica das finanças é a de acordar acabamento perfeito a cada detalhe duma transação bancária, comercial ou industrial. Nós, técnicos contábeis, existimos para que se evitem os grandes e pequenos cochilos dos modestos e dos poderosos funcionários da instituição, cochilos passíveis de ganhar a proporção do incêndio que estorvaria o fluxo livre e aleatório do capital.

Apesar da Rosa e eu termos como matéria-prima o dinheiro alheio, nosso dia a dia não era em nada diferente do dia a dia do pintor de paredes com a broxa, do carpinteiro com o formão, do lustrador de móveis com a estopa, do garçom com a bandeja ou do menino de rua que, para fugir da malandragem, vira engraxate. Se algum dia existir uma forma explícita de fraternidade universal, é porque sua raiz tinha germinado no solo igualitário das profissões, por mais humildes ou soberbas que sejam.

Nosso primeiro beijo não foi motivado pelo amor, ou seja, pela força estranha e covarde que aniquila a vida da gente. As coincidências no modo de agir e de pensar deram o pontapé inicial no jogo da vida sentimental da Rosa e de Modesto. As sucessivas coincidências aperfeiçoaram almas aparentemente adversárias e as conduziram à integração harmoniosa no campo de futebol da vida.

Não falo dum sistema de coincidências programado por divindade superior à vontade humana que, à medida que o tempo caminha, vai acrescentando sentido, por exemplo, a uma trombada acidental de homem e mulher à entrada dos banheiros do restaurante Nova Capela. No bom encaminhamento das vidas, não me refiro, pois, ao papel de Deus, de Jesus ou de algum santo de nossa devoção. Cairia em contradição. Falo do sentido dado à vida pelo homem e pela mulher no próprio local de moradia e de trabalho. Falo do sentido que é dado por vinte e quatro horas de competição suada, travada trezentos e sessenta e cinco vezes por ano.

Estrilado o apito do namoro, cada jogador ataca, defende, dribla, cai no chão, se machuca, entrega o ouro ao bandido, levanta, reganha a jogada, passa a bola, cabeceia, sem deixar de sempre visar o gol do adversário.

Nossa vida a dois foi concebida e construída por um sistema de coincidências felizes. Você liga a televisão, escolhe o canal, e está sendo exibido o programa que você esperava e a que quer assistir. Empate no placar final. Não há vencedor, não há vencido. Zero a zero. Um a um.

Lado a lado, as boas vibrações do namoro nos conduziram por uma rua larga e de mão única. Garantiram-nos que estávamos bem antenados com a vida sadia, o trabalho e o progresso do país. À medida que íamos colocando no lugar certo o que se apresentava como solitário no relacionamento interpessoal, ou como solto no trabalho, descobríamos que o planejamento em separado do nosso futuro tinha de sofrer uma mudança urgente.

Dia 20 de janeiro de 2009. Feriado municipal. Dia de São Sebastião, santo padroeiro da cidade do Rio de Janeiro. Local: rua Sílvio Romero, quase esquina da rua do Riachuelo. Horário: onze horas e vinte e três minutos da manhã.

Os jornais da cidade e do país fizeram a cobertura do acontecimento, alguns deram o fato ocorrido na Lapa como manchete do dia. Em cadeia nacional, o jornal da TV Globo abriu espaço para a notícia vinda do Rio de Janeiro.

Em pleno verão, o feriado municipal convidava multidões aos prazeres das praias da zona sul. Levava grupos de vizinhos e de amigos à pelada fraterna nos campos dos subúrbios. E permitia a alguns gatos-pingados, soltos na imensidão vazia do centro da cidade, a conversa descompromissada no boteco da esquina. Eu não era o único cliente do bar a querer desfrutar da manhã azul, ensolarada e calorenta de terça-feira. Todos nós nos embriagávamos ao ritmo em nada convulsivo da cerveja. Mastigávamos – e nos empanturrávamos com – churrasquinhos, manjubinhas fritas, pedacinhos de queijo de coalho grelhado, pastéis, quibes e empadinhas. Todos nós, se não gritávamos ou cantávamos, falávamos pelos cotovelos.

Numa das mesas, a cadência do pandeiro e as cordas do violão acompanhavam as vozes ritmadas e amorosas de alguns mulatos, afinadas pelo sangue e o hábito de cantar junto.

Rosa, a moça dos pagos gaúchos, se emocionava e se regozijava com a felicidade momentânea, tipicamente carioca. Em núpcias com o feriado, era presa do visgo da boa sorte na vida sentimental e no trabalho.

De repente, quem sorteou meu nome? Que amigo-oculto me enviava pelos ares um presente inesperado e tardio?

Por que foi o meu o nome retirado da cumbuca do homem sisudo do realejo? Não éramos todos ali sentados no bar irmãos na vontade de nos alegrarmos ao sol da manhã do feriado municipal, a beber uma cerveja estupidamente gelada e a escutar um samba dolente?

Que amigo-oculto sorteou meu nome e traçou o percurso pelos ares e o destino da bala perdida? Não teria sido possível sortear ou inventar alvo melhor para a bala de revólver que atingiu as costas do corpo sentado – o meu – naquele bar da Lapa?

A bala perdida me atingiu na nuca, e o efeito corrosivo tomou conta dos nervos, musculatura, veias, artérias e órgãos do corpo. Minha vida tranquila e o relacionamento solidário com a Rosa foram ceifados por uma coincidência absurda.

Ao cair da cadeira do bar e perder os sentidos, o corpo perdia o sentido da vida.

Melhor não tivesse fechado e reaberto a casa dos falecidos pais. Melhor não a tivesse arejado e alugado. Melhor não tivesse mudado para o apartamento da minha namorada. Melhor não tivesse encontrado na Lapa o lugar certo para a vida de antigo solteiro empedernido. Melhor tivesse trombado à porta de motel de alta rotatividade com a doença e a morte, causadas pela vida sexual promíscua.

Aqui estou, sentado nesta cadeira de rodas, como prova viva do engano que cometi há nove anos.

Poderia ter morrido na ambulância que me transportou da casa de saúde na Lapa ao Hospital São Lucas, em Copacabana. Poderia ter morrido na mesa de operação, enquanto extraíam a bala alojada na minha nuca. Poderia ter morrido no CTI. Poderia ter-me suicidado no auge da crise de depressão, que estava à minha espera ao sair do coma induzido.

Não morri nem me suicidei. Fiquei paraplégico, vivendo à mercê da generosidade financeira e do carinho amoroso da Rosa. Quando me mudei de mala e cuia para seu apartamento na Lapa, não a amava.

O ANJO

Para Maria Consuelo, in memoriam

Foi numa noite escura de novembro que o anjo apareceu pela primeira vez ao menino. Fraquinha, a luminosidade da lua minguante se assemelhava à de uma vela acesa. O céu petropolitano se enfeitava de mil e uma estrelas, que brilhavam com a intensidade intermitente de lâmpadas distantes.

O menino gostava de ficar sentado ao ar livre do descampado, no Alto da Independência. Um pouco abaixo daquela terra de ninguém, o pai tinha levantado em mutirão uma casa de alvenaria. Ele e a mulher pertenciam à Igreja Evangélica Assembleia de Deus e todas as noites – antes do sopão e diante da Bíblia Sagrada, que não chegavam a ler – oravam para que o Espírito Santo e Jesus estivessem sempre capacitando a família unida em fé, ânimo, perseverança e provisão. Palavras do pastor, palavras de provedor.

Bem abaixo da casa dos pais, havia outro descampado. Muito cedo pela manhã, ou ao cair da tarde, os rapazinhos e os marmanjos jogavam pelada lá.

O campo era de terra batida, o que não impedia que, na época das trombas d'água, as poças abrissem pequenas crateras no terreno. Tampouco tinha as dimensões convencionais. Era menor do que o da quadra de futsal, que o pastor mandara construir no lote vago, nos fundos da igreja evangélica. As traves não eram de madeira. De um lado e do outro do campo, pedras amontoadas indicavam o espaço do gol. A bola não era de couro. Era de borracha sintética, imitando couro. Rapazes e marmanjos não usavam meias nem calçavam chuteiras. Jogavam descalços, vestidos só de short ou de bermudão. Eram atléticos e troncudos; o menino que os via lá do alto, mirrado.

O menino tinha admiração pelo Juju, alegre e jovial durante o jogo e de cara trancada ao caminhar pelas ruas do bairro da Independência. Não reconhecia o fã incondicional. Ele passava pelo menino acompanhado dos pais sem soltar um *oi* que fosse. Cacá, primo de Juju por parte de mãe, era o bebê chorão das peladas. De propósito, nenhum adversário tropeçava nele. Mas se ele tropeçasse num jogador ou na bola, caía no chão; se caísse no chão, mostrava a contusão falsa e, com gritos e lágrimas nos olhos, reclamava de tudo e de todos, como se fosse criança birrenta em busca dos pais. De propósito, os adversários trombavam em Juju, davam-lhe cotoveladas e caneladas, puxavam-no pela cintura do bermudão, tentavam tirar-lhe a bola por detrás, davam-lhe rasteira, e ele seguia forte e seguro até o gol. Era o artilheiro.

Naquele anoitecer de novembro, o menino ouvia o zunir do vento e, do ponto mais alto do morro da Independência, contemplava o espetáculo das montanhas petropolitanas. À sua frente, elas se sucediam em cadeias de tons variados de verde, que iam do claro ao denso e ao mais noturno. De repente, os detalhes da paisagem desapareciam completamente da vista, ou se confundiam com o negror da noite sem lua cheia. As montanhas ao redor estavam também salpicadas de luzes. Davam a ele a impressão causada pelos balões que os moradores de Quitandinha, do conjunto do BNH e do Bingen, desrespeitando a ordem da prefeitura e do Corpo de Bombeiros, soltavam nos dias de São João e de São Pedro e nas demais noites de junho e julho.

Junho e julho eram meses muito frios em Petrópolis, mas de noites alegres e festivas, com o gargalo das garrafas de Velho Barreiro, Ypioca e Cinzano rebolando de boca em boca, ao som e ao ritmo da quadrilha caipira. Para o menino, as noites de junho e julho eram barulhentas. Os balões que ele via subirem aos céus deixavam um rastro de sucessivos estalos e estrondos que, se não chegavam a perturbar ouvidos e olhos, davam-lhe a sensação de que, durante aqueles dois meses, a engrenagem do mundo estava sendo emperrada por algum parafuso fora do lugar. Ficava tão emperrada a engrenagem do mundo quanto o ônibus que, parada depois de parada, curva após curva, levava os passageiros do bairro do Cremerie lá embaixo até o alto do morro da Independência. A troca de marchas pelo motorista chocalhava o veículo. O motor obediente arfava e rangia, esbravejava, lançava fumaça aos ares e soltava traques. O ônibus chegava inteiro e esbaforido ao ponto final.

Em noites escuras, estreladas e silenciosas, o universo deslizava para a manhã seguinte como um carro de luxo bem lubrificado a trafegar pelo asfalto da rua Coronel Veiga em direção ao centro de Petrópolis. O menino ganhava, então, a certeza de que as coisas, de que era composto o mundo visível, tinham voltado ao devido lugar. Cada coisa dormitava imóvel e tranquila, que nem o bem-te-vi no poleiro da árvore, o porco no chiqueiro e a cegonha no ninho do telhado. Nenhuma andorinha, pardal ou pombo ousava riscar os céus escuros com o ruflar das asas.

Só o gambá, que é criatura enxofrenta do Diabo, fazia barulho ao sair à caça noturna de ovos de pássaro e de pequenos animais indefesos. Com o único intuito de subverter a paz da noite estrelada, subia lentamente nas árvores e pintava o sete nos telhados das casas e nos quintais. Trabalhava de maneira silenciosa e sorrateira.

Por que o gambá não imitava a maligna e malvada cobra que, à noite, ficava quieta no seu esconderijo? Ou o cão de guarda, que economizava os latidos ferozes, para soltá-los ao anúncio do próximo sol?

Não é que a luz pálida da lua minguante perturbasse os sentidos despertos do menino, mas preferia contemplar as montanhas quando estavam envolvidas pelo silêncio e engalanadas com o brilho das estrelas. Para cada estrela nos céus, Deus tinha plantado uma lâmpada acesa nos casebres que foram subindo até o topo das montanhas petropolitanas. Estrelas lá no alto correspondiam em intensidade e número às lâmpadas acesas cá embaixo.

Quando não chovia e não havia nos céus lua ou balões para distraí-lo, a mania e o passatempo noturno do menino eram atrevidos. Com cuidado e precisão ia riscando linhas imaginárias na folha de papel da noite. Seu lápis mágico era o dedo indicador, que ganhava a agilidade que estava sempre a lhe faltar nas pernas nascidas frouxas. As linhas iluminadas atavam cada estrela à lâmpada acesa correspondente. O emaranhado das linhas verticais e paralelas, brilhantes contra o fundo negro da paisagem, perfazia os traços densos duma chuvinha de mentira, semelhante ao trançado de filó que recobria sua cama.

A menina Das Dores, sua mãe, veio com os pais do vale do Jequitinhonha até Petrópolis. Os três desceram da boleia dum caminhão e subiram num ônibus da viação Cometa; desceram deste e subiram num outro da viação Única.

Lá no norte de Minas Gerais, os barbeiros faziam a festa de mandingas nos casebres de pau a pique. Em Araçuaí, as paredes externas da morada da menina Das Dores foram montadas pelo pai de seu pai com pranchas verticais e horizontais de madeira, que eram bem atadas por cipós. Terminado o trabalho no gradeado de madeira e cipó, o velho caboclo tinha outro pela frente. Os vãos das paredes externas estavam à espera da estação da seca, quando seriam recheados com uma mistura de terra crua, água e palha. Com o correr das décadas, os tijolos de adobe tinham virado viveiro para os insetos daninhos da região. Ainda sob a guarda dos pais, a jovem Das Dores casara-se em Petrópolis com um biscateiro paraibano, morador na Baixada Fluminense.

Seguindo o conselho do pastor Natanael, Severino subira a montanha para evitar os maus elementos que o cercavam na Baixada e ameaçavam assassiná-lo por dívidas não pagas. Encontrou Das Dores mocinha no templo da igreja evangélica do Alto da Independência. Namorou e casou. Temperada pelas antigas doenças familiares, Das Dores exigiu que o marido levantasse casa de alvenaria. Levantou-a com o apoio dos fiéis, que carregavam na cabeça água, sacos de cimento e de areia e, na carroça do Tatá, tijolos e telhas. O casal protegia o filho único e doentio dos ataques noturnos de inseto, fosse ele mosquito, pernilongo, barbeiro ou barata.

Sentado no descampado, o menino se lembrava do cortinado alinhavado à agulha pela mãe. Em casa, bem protegido, lembrava-se da chuvinha de linhas iluminadas, que ele tinha escrito na folha de papel da noite. A chuvinha caía por toda Petrópolis e não molhava. Ela ligava os céus aos homens e estes aos céus.

Foi naquela noite escura de novembro que o menino o viu pela primeira vez. O anjo tinha descido no descampado por uma das linhas verticais iluminadas. Como, se não havia lâmpada acesa próxima dele?

De volta à casa de dois cômodos, cozinha e banheiro, o menino deu boa-noite aos pais e se enfurnou no cubículo frio. Contra a fresta de luz que entrava pela janela do quarto, o trançado do filó do cortinado não se distinguia do trançado divino. Por querer reencontrar o anjo, distanciava com os olhos o tecido feito à máquina e aproximava o tecido desenhado por Deus. Queria recuperar o olhar macio de bondade da criaturinha cintilante e alada, e dele ganhar uma palavrinha que fosse. Tanto matutou com a cabeça e os olhos que se sentiu cansado. O corpo dominou a imaginação e passou a exigir o descanso duma noite de sono.

Fora dos meses de junho e julho, era sempre assim, embalava-se, contemplando o bordado das lâmpadas de Deus e o bordado de fios brancos tecidos pela máquina.

De manhã cedo, a mãe disse ao marido que o filho parecia perrengue. "Perrengue ele não parece, ele está sempre", completou o pai, nunca satisfeito com o jeitão do filho, alheio a qualquer tarefa física e a qualquer caminhada. Gosta é de ficar sentado lá no descampado, cismando.

O pai queria que o menino o acompanhasse nas andanças pelos bairros centrais da cidade, onde buscava trabalho. Não só lhe faria companhia nas horas de folga, como poderia atrair a caridade alheia, proporcionando-lhes um lanche mais fornido, caraminguás extras, que sempre são bem-vindos, ou algum bagulho para a casinha do Alto da Independência. Biscateiro que é biscateiro não rouba nem bota preço. Ele diz à dona de casa ou ao dono da loja: "Paga pelo serviço o que acha que deve pagar." Ninguém acha que deve pagar pelo serviço o que deve pagar. Sempre paga menos. O pastor Jorge Luís já lhe tinha aconselhado:

– Cobrar não é pecado, pecado é não saber valorizar o próprio trabalho.

Nas mãos de biscateiro convicto, criança é um trunfo, tanto mais se for engraçada ou safa. Seu filho não era. Era anêmico e lerdo de nascença. Não chorou durante os dois primeiros anos de vida. Não tinha fome nem sede. Comia e bebia do que lhe dessem. Na cama de casal, espremido entre o pai e a mãe, parecia – que Deus não me amaldiçoe! – criança falecida de doença azul. Amava-o assim mesmo, com uma dor dolorida de quem cumpriu as ordens de Jesus e se arrependeu.

– Essa mania que ele tem de ficar ao relento – continuou a mãe em conversa com o marido. – Um dia, ainda pega mal-dos-peitos, se não pegar doença-ruim.

– Por que você não fica aqui em casa, no seu canto? – perguntou Das Dores ao filho.

— Eu estou sempre no meu canto — respondeu ele. — Nunca saí do meu canto.

Acreditava no que dizia. Adiantava dizer à mãe que seu canto não estava dentro de casa? Seu canto era o mundo, o canto do mundo, onde se sentia tomado pelo zunir plangente do vento, pela variedade infinita dos animais, pelos detalhes multicoloridos da paisagem e pela vastidão do universo. Seres humanos são todos iguais, pequenininhos, de uma cabeça, duas pernas e dois braços, sem graça nas suas andanças, sem graça nos seus gestos. Cabeça, pernas e braços são grudados ao corpo, que nunca ganha voo. E só usam palavras para reclamar e para xingar.

O menino não entendia a ideia de dinheiro e, nas vendas do bairro e nas lojas do centro, o que se passava por detrás e à frente do balcão. Não entendia por que o pai e a mãe tinham de pagar o ônibus e ele, passar de graça por debaixo da catraca. Não queria ir à escola porque não gostava da folha branca dos cadernos e das palavras escritas em tinta preta nas páginas dos livros. Não gostava também de álbuns de figurinha, ou de jogos de armar com peças pequenininhas, que cabem na palma da mão.

Admirava os cavalos a trotarem, as vacas a mugirem ao longe e os automóveis a zunirem velozes pela rua Coronel Veiga. Amava os galos e as galinhas. Cacarejando, eles ciscam o chão à cata de comida gratuita e, para dormir, sobem no poleiro. Namorava os pássaros soltos que benzem o ar e, em acrobacias e reviravoltas, se persignam diante do deus sol. Encantava-se com as plantas e suas flores coloridas e cheirosas, com as árvores que, ao se lançarem em galhos e folhas morro abaixo, acolhem a chuva e lutam destemidas contra as ventanias para que seus frutos sejam mais saborosos. Pela manhã, escutava o estalido sonoro da araponga nos longes do morro vizinho e, ao cair da tarde, acompanhava com os olhos o trinado feliz dos passarinhos em revoada. Gostava de armar o cotidiano com essas peças que vinham correndo para dentro do seu coração, lá no alto do descampado.

Tão logo o menino voltava para casa, as coisas do mundo deixavam um rastro de dia seguinte.

Ao final de novembro, o meio-dia calorento começa a cozinhar dezembro, que chega de vez na imagem natalina da folhinha dependurada na parede da sala. O último mês do ano sai pegando fogo da panela. No descampado de baixo, Juju e os companheiros jogam pelada todas as manhãs e todas as tardes. Saem correndo atrás da bola e começam a suar. As costas de cada jogador se recobrem duma gosma malcheirosa, como se fosse de gambá. O suor expurga todas as sujeiras que foram segregadas no corpo durante os meses de frio e de garoa. Foi por isso que o pastor da igreja evangélica mandara construir um campo de futsal no terreno dos fundos.

— Praticar esporte não é pecado — ele dizia ao microfone no culto dos domingos, conclamando os rapazes a se exercitarem no campo de futsal, desde que devidamente vestidos de bermudão e de *t-shirt*.

Do seu descampado, o menino reparava que, no quintal duma casa na descida da estrada da Inconfidência, o jardineiro tinha tirado a lona que protegia da chuva o buraco da piscina. Estava vazio e encardido o buraco de azulejos brancos, contornado por pedras São Tomé. Era preciso ensaboar tudo e lavar. O jardineiro mais dois garotos passaram o dia passando a vassoura no fundo do buraco, limpando as paredes laterais e o lajeado de pedras com uma mistura de sabão, água sanitária e detergente. O jato d'água da mangueira fazia a espuma de imundícies escorrer pelo ralo.

Sem a proteção da lona e com os azulejos brancos imaculados, o buraco da piscina foi pouco a pouco se enchendo de água. Cheio, virou um lago retangular, de um azul mais profundo e mais puro que o do céu a cobrir, nos primeiros dias de dezembro, as manhãs e as tardes petropolitanas.

A piscina ficava numa "casa de cinema", como lhe dizia sua mãe.

De segunda a sexta-feira, das oito da manhã até as cinco da tarde, Das Dores trabalhava lá de arrumadeira. Na sexta, a mãe sempre trazia uma maçã de presente para o filho.

Protegida por grades e muros altos, a casa na verdade não era uma casa, era uma mansão com mil dependências, com jardim verde e florido à frente, quintal de árvores aos fundos e, na garagem, carros, bicicletas, patins e skates. Estava toda pintada de branco. Nela moravam um menino e uma menina da sua idade que, durante as férias de verão, ficavam o dia inteiro no quintal recoberto de grama, aparada pelo jardineiro. Nele cresciam palmeiras, mangueiras, abacateiros, laranjeiras, limoeiros e, bem aos fundos, já na subida do morro, bananeiras sobrecarregadas de cachos verdes e amarelos. Os irmãos gostavam de ficar deitados à beira da piscina, tomando sol, como andorinhas no fio elétrico.

Foi numa sexta-feira enluarada de dezembro que o anjo apareceu pela segunda vez ao menino. As estrelas ficaram pálidas diante da magnificência da lua cheia. Com o dedo indicador, ele desenhou na folha clara da noite a linha escura que ligou a lua no céu à lua na piscina. As lâmpadas submersas na água cristalina destacavam ainda mais o lago azul na paisagem monótona do bairro a seus pés.

Quem dera que a piscina do parque de Cremerie recebesse idêntico dom de Deus! À noite, a piscina do parque não era vista de lugar algum do Alto da Independência. Só durante o dia, quando a garotada da vizinhança pintava e bordava nos meses de verão.

A piscina na mansão de dona Lucinha era vistosa, que nem a senhora madame. Piscina e madame só apareciam aos olhos do menino se enfeitadas de joias raras e reluzentes.

Foi no cubículo da casa, onde o menino estava deitado, que o anjo reapareceu naquela sexta-feira. O menino já dormia e sonhava em tecnicolor com um bando de patos selvagens. Grasnavam a seu redor no descampado, como se estivessem cansados e famintos. Não tinha visto as aves pousarem. No entanto, viu em seguida que os patos selvagens se encaminhavam para o descampado em voo que figurava a letra V. Pousaram em grande alarido e confusão na terra batida. Pareciam pombos. Não eram pombos – reparou melhor. O pato de corpo mais avantajado e de plumagem mais colorida e vistosa, o líder do bando, estava cansado e era acudido pelas fêmeas. Elas catavam com os bicos besouros e libélulas, que lhe eram servidos. Estava cansado. Foi ele que, durante a longa viagem, fizera sozinho o esforço para romper a barreira do ar, enquanto os que o seguiam apenas ruflavam as asas de plumagem não tão bonita quanto a dele.

No descampado do alto da montanha, já refeitos da viagem e com a fome saciada, os patos selvagens enxergaram lá embaixo a piscina de água azul, toda iluminada.

Conversaram entre eles com grasnados de alegria e meneios de cabeça. Iriam voar em V até as águas luminosas do lago retangular. Correndo com os pés palmados e de maneira desajeitada pela terra de ninguém, o macho ganhou galeio. Atrás dele, de asas abertas e pés recolhidos, todo o bando se lançou pelo vale enluarado, como uma esquadrilha de aviões. De longe, o menino viu que sobrevoavam a piscina em círculos cada vez menores, até que – em movimento decidido – caíram todos ao mesmo tempo nas águas tranquilas e cismarentas da piscina – tibum! Ao voltarem à tona, fizeram o maior alarde. Era a festa.

O menino perdeu o fio do sonho ao ver que os patos selvagens nadavam serenos e felizes pelas águas da piscina azul. Seus olhos destacaram o menino e a menina, que tinham saltado de cabeça na piscina e agora davam braçadas de nado livre.

Sábado pela manhã, o menino se encaminhou lentamente para o descampado, onde comeu a maçã que a mãe lhe trouxera na noite anterior.

De repente, as chuvas do verão já estavam batendo à porta do mês de março e, como más conselheiras, obrigavam o menino a se esconder em casa. Na noite em que o anjo lhe aparece pela terceira vez, o menino não está no cantinho do descampado, em que sempre se assenta. O anjo enxerga o lugar vazio no Alto da Independência e lamenta ter perdido contato com o menino. Sua curiosidade se acende.

Na mesa da cozinha, ao lado do pai que, por nada lhe poder ensinar, muito exige, o menino faz os deveres de casa. Tinham-no matriculado à força no grupo escolar da comunidade evangélica. Diante da dúvida que deixa seus olhos pensativos, o menino não tem a quem pedir socorro. O caderno e a cartilha abertos, o lápis e a borracha estão na mesa. O menino cismarento os olha e não os vê.

Severino não entende o sossego e o olhar perdido e desbotado do filho frente à sangria desatada de palavras e números escritos nas folhas de papel. Vê que o menino, ao levantar os olhos para a lâmpada acesa e as telhas, tenta escapulir da jaula em que os deveres de casa e os pais o aprisionam. Severino se lembra das palavras do pastor.

Ele pensa que o filho está sendo tentado pelas artimanhas do demônio. As falas e mais falas do pastor no púlpito continuam a passar correndo pela sua cabeça. Tem medo do que escutou no templo e se apavora com o destino do menino, que Jesus tinha colocado sob sua guarda e a de Das Dores. Julga que tem de ser mais exigente com o filho. Fazer cara de mau. Não se controla mais e lhe diz que, diante dos homens, Satanás quis passar por Deus. É o que está escrito em Isaías.

Há alguns meses, depois do culto de louvor e adoração dos domingos, o pastor Jorge Luís designou com o dedo o menino e, em seguida, Das Dores e Severino. Este deixou o banco em que a família estava sentada e se aproximou do púlpito.

O pastor lhe disse que queria levar um particular.

Tinha chegado aos ouvidos dos fiéis e estes lhe tinham informado que o menino de nove anos não ia ao grupo escolar da comunidade. Era um vagabundo. Passava o dia inteiro sem fazer nada, cismando num descampado lá no Alto da Independência.

– Isso não pode – disse-lhe o pastor, direcionando com tal intensidade o olhar para o menino que ele, sentado ao lado da mãe, se viu parte da conversa. – O filho é a riqueza do pobre. Quem é que vai ler a Bíblia Sagrada no recinto do lar? Quem é que vai fazer as contas da família ao final do mês? Sem o bê-á-bá da cartilha e sem o somar-e-dividir da aritmética, o menino vai sair como vocês, mais um analfabeto de pai e mãe nesse mundo de Deus.

– Ele não gosta de ler e de escrever, pastor – contra-argumentou Severino. – Não puxou ao pai nem à mãe, que todos os dias pegam duro no batente, faça chuva, faça sol. Prefere passar o dia em conversa com os bichos, as plantas, as estrelas e a lua, sentado lá no descampado, que fica um pouco acima da nossa casa. É do feitio dele, meu pastor, perrengue que nem ele só, desde pequenininho com as pernas frouxas – acrescentou.

– Não pode. Assim não pode continuar. O homem preguiçoso é irmão do mendigo que é irmão do pecador! – As palavras foram ditas a Severino num tom de ameaça velada.

O pastor tinha de passar firmeza ao fiel. Quem tem ouvidos para ouvir, ouça! Quem tem olhos para ver, veja! Quem tem braços para agir, aja! Não se conteve, porém, e abraçou Severino, cujo filho era vítima das escaramuças de Satanás.

Ao botar a boca contra o ouvido esquerdo do fiel, o pastor lhe sussurrou: "Resisti ao Diabo, e ele fugirá de vós. Chegai-vos a Deus, e ele se chegará a vós."

O pastor terminou o particular pelo ponto final de sempre:

– Jesus te ama! Não o decepcione – e se distanciou de Severino.

DEZESSEIS ANOS

A vida é nunca e onde.

GUIMARÃES ROSA, "João Porém, o criador de perus", *Tutaméia*

Mamãe me dizia. Você tem sangue índio. Papai negava. Sangue índio você não tem.

Em casa, eu não tinha irmão ou irmã a quem perguntar.

Mamãe te disse que você tem sangue índio? Papai te disse que você não tem sangue índio?

Na dúvida, continuo a não acreditar e a acreditar que tenha sangue índio. Por que não iria acreditar na palavra da mamãe? Meus cabelos negros e brilhantes ao sol, lisos, oleados e escorridos, inveja de muito turista louro com que cruzei no espaço da vida, são de índio paraense, pois foi em Belém que nasci filho de servente no Grupo Escolar Ribeiro da Cunha e duma dona que nunca trabalhou fora de casa.

Mamãe trabalhava para o marido e o filho, e também para algumas senhoras de dinheiro, que recorriam a ela para lavar a roupa suja da família e passá-la. O carro parava em frente de casa. O motorista particular descia com a enorme trouxa de roupas sujas. Mamãe o atendia à porta e lhe dizia para depositá-la na sala. O carro voltava a parar em frente de casa. O motorista particular apanhava das mãos da mamãe os dois pacotes com a roupa passada e dobrada a capricho, e agradecia. Todas as peças tinham sido lavadas com sabão de bola no tanque e passadas com o ferro aquecido por brasas.

De toda madeira queimada no quintal, mamãe aproveitava as brasas. Esperava que virassem carvão para amontoar os pedaços num saco de linhagem, armazenado num canto da cozinha. Para ser útil, o carvão voltava a virar brasa dentro do ferro de passar. Quando as brasas estavam para perder a incandescência recém-adquirida, ela levantava o ferro pela empunhadura de madeira até a altura do rosto e, pela abertura em V, soprava o vento de fole dos pulmões amazônicos. Enquanto o sopro reavivava o calor das brasas, os olhos se fechavam com receio da fuligem, da cinza e do voo incerto e daninho das faíscas. Sua face se afogueava e os olhos se recobriam de lágrimas. (Mamãe era linda! Papai não a tinha escolhido por casualidade.) Devido à proximidade do intenso calor das brasas, as lágrimas logo secavam, deixando a pele da face esticada como lençol de linho recém-engomado. As maçãs do rosto tinham adquirido o tom encarnado e vibrante da sua fotografia em cores, emoldurada no quadro dependurado na parede da sala. Ela baixava o ferro até a tábua de passar. O tecido seco e amarrotado da camisa masculina reganhava a docilidade que tinha perdido em revolta contra a chapa esfriada do ferro de passar.

Mamãe era contra o uso do ferro elétrico em casa. Na conta de luz, o valor do consumo vinha muito alto, acima das nossas posses. Durante a estação das chuvas, admitia o uso do chuveiro elétrico. Só a água quente poderia liberar o corpo sujo e suado da umidade ambiente.

Da madeira queimada, mamãe aproveitava também a cinza. Ao final das tarefas domésticas diárias, apanhava-a e a estocava numa bacia de plástico, protegida da água da chuva. Chegado o dia de uso, transferia a mancheias a cinza para um tacho grande de cobre e adicionava água quente. Esperava que a água encharcasse a cinza. Com a ajuda dum cabo de vassoura, transformava a mistura num caldo homogêneo. Botava o tacho no fogo. O caldo se adensava em ensopado. Encorpava-o com sebo em rama e poucas colheradas de soda cáustica. Até ganhar a homogeneidade e a consistência desejadas, o angu ficava cozinhando e soltando borbulhas e fumaça. Em suas mãos ágeis e hábeis, a massa escura ainda quente ia se transformando em compactas bolas de sabão, semelhantes às coloridas do jogo de bilhar. Eram usadas na pia da cozinha para lavar as panelas e a louça. Eram também usadas no tanque para lavar nossa roupa e a roupa das famílias ricas. No fundo da casa ficava o varal de quarar a roupa branca e de secar a lavada.

Terminado o trabalho na pia ou no tanque, mamãe enxaguava as mãos e as enxugava no avental branco. Friccionava-as contra o pano do avental com a mesma força que gastava ao lavar a louça suja ou a toalha de banho encardida pelo uso. Era chegada a hora de cozinhar o jantar.

Uma vez por mês, cada um dos quatro motoristas particulares pagava as três lavadas de roupa suja. Era um dia bom, porque mamãe era boa. Passava ao papai o dinheiro ajuntado com o trabalho de lavadeira. Ele saía de casa e ia até o armazém comprar os produtos que faltavam na cozinha e em casa. Mamãe não gostava de fazer compras. Aliás, não punha os pés fora de casa. No fim da tarde, feito o jantar, ficava na janela à espreita de alguma gente que apareceria algum dia no horizonte. Já papai era rueiro de sangue e de nascença. Antes de voltar para casa, gostava de bater as duas pernas que ficaram cruzadas o dia inteiro à entrada do grupo escolar.

Mamãe costumava dizer que andar a esmo pela cidade é coisa de índio.

Papai não lhe dava trela, dizia que estava compensando. Estava compensando as horas sentadas. Não era à toa que batia as pernas pelo centro da cidade. Fazia bem à saúde.

Mamãe dizia e repetia que bater perna e tomar sua cachacinha no boteco da cidade era coisa de índio.

Papai não lhe dava trela, dizia que compensava ter-se casado com ela. Você é mulher que sabe inventar dinheiro. As outras só fazem gastar. Não valem um sabugo. Até das árvores do quintal você consegue arrancar uns trocados. Seremos milionários no dia em que você conseguir tirar dinheiro lá do fundo da terra.

Ele não se referia ao plantio de mandioca, batata e cará no terreiro, mas à extração de ouro na serra dos Carajás. À noite, diante do aparelho de televisão ligado, ele dormitava feliz. Vazio de aventuras reais, seu corpo levitava pela sala, enquanto sua imaginação sonhadora enchia os bolsos da calça com a exploração de metais preciosos nos garimpos da Companhia Vale do Rio Doce. Na tela, as atrizes que se encastelavam em brincos, colares, pulseiras e anéis dourados eram as suas preferidas.

Mamãe sabia que as mulheres belas eram louras e que o marido gostava de mulheres belas, louras e ricas, e não se importava. Ela sabia também que era do feitio dele ser abusado e pouco carinhoso na parte que lhe cabia no casamento. Era bom pai e cumpridor. Isso lhe bastava. Retirava-se sozinha para o quarto de dormir, onde ficava à espera da televisão ser desligada e apagada a luz da sala. O marido entrava no escuro e deitava ao seu lado. A esposa o trazia de volta aos prazeres da terra e ao cheiro cáustico do sabão de bola.

Mamãe inventava dinheiro lavando roupa pra fora e de outra forma ainda. Nossa casa ficava afastada do centro de Belém e de outras casinhas dos subúrbios, e tinha um terreiro enorme. No terreiro, muitas e diferentes árvores frutíferas.

Mamãe mandava-me colher as frutas madurinhas no quintal. A fruta podia ser goiaba ou manga, mamão, banana ou marmelo. Eu as colhia com cuidado. Algumas vezes, era ajudado por uma longa vara de bambu, onde tinha aberto uma forquilha que cortava o talo como tesoura. Era craque em apanhá-las antes de se esborracharem no chão. Outras vezes, trepava na árvore que nem um sagui, apoiando-me e me equilibrando nos galhos mais fortes. Trazia a tiracolo uma capanga, onde ia acumulando as frutas. Mamãe fazia diferentes doces com elas.

Servia o doce de sobremesa a nós três e o vendia, já no formato de tijolo, à freguesia que batia à porta.

Feito de dois montes paralelos de pedras e duma trempe, o fogão do sabão de bola e dos doces ficava montado no terreiro. Faça chuva, faça sol. Mamãe alimentava o fogão com os galhos secos das árvores, que eu ajuntava a pedido dela. Quando havia folhas de jornal em casa, era com a ajuda delas que acendia e propagava o fogo na madeira. Quando não as havia, valia-se do capim ou das folhas secas. No tacho de cobre, com a ajuda da colher de pau comprada no armazém, fazia goiabada e mangaba, doce de mamão, bananada e marmelada. Era econômica no uso do açúcar cristal.

— A fruta já tem o seu doce — era assim que, à porta de casa, se justificava junto à freguesa exigente.

Com o tacho de cobre suspenso pelas duas asas negras, ela voltava à cozinha. Sem a ajuda de molde de madeira, só com as mãos embrutecidas pela lida diária, fazia as barras de doce com formato de tijolo. Já esfriadas, ela armazenava algumas barras no guarda-comida e outras eram cortadas em pedacinhos retangulares, sempre do mesmo tamanho. Embrulhava cada pedacinho de doce em papel celofane. Não havia necessidade de cola. O calor segregado pela barrinha e as dobras feitas com esmero mantinham o papel no lugar.

Aos sábados e domingos, mamãe colocava todos os pedacinhos de doce num tabuleiro de madeira com alça trançada de diferentes panos coloridos. Entregava-me o tabuleiro, recoberto por um pano bordado que protegia as barrinhas da poeira e do sol. Eu rumava para o centro da cidade, onde vendia o doce na praça da República e à porta dos cinemas da redondeza. A alça ganhava apoio atrás do meu pescoço e ajudava a equilibrar o tabuleiro contra a barriga. Também ficava com os dois braços livres, para entregar a barrinha ao freguês, pegar as moedas e dar o troco.

Passei a ser conhecido como o Menino da goiabada. Era o doce mais comprado pelo pessoal que fazia hora nos bancos ou se distraía passeando pela praça e, segundo a opinião geral, o mais gostoso. Goiaba é fruta da primeira metade do ano. A partir do mês de julho não tinha goiabada no tabuleiro, mas pediam por ela. Também pediam por doce de leite e pé de moleque. Mamãe nunca os fez. Não havia vaca no terreiro de casa e não teria lucro se mandasse o marido comprar leite, amendoim e rapadura no armazém.

Eu vendia um número pequeno de barrinhas de doce na porta dos cinemas, e um número maior na praça, ao lado do Teatro da Paz. A criança que vai à matinê não gosta de doce caseiro. Um dia perguntei a um coleguinha do grupo escolar por que você nunca me compra uma barrinha de doce? O pirralho me respondeu que daquele doce ele tinha em casa, feito pela cozinheira e aos montes. Só quando saía para a matinê de sábado ou de domingo é que chupava picolé e dropes de hortelã. As mães sabiam que as moedas para a sorveteria e o baleiro tinham de estar embutidas no preço da entrada de cinema. Nenhuma delas sonhava com a existência do Menino da goiabada.

Criança não gosta de comer doce caseiro na rua, na fila da bilheteria ou ao assistir a filme. Gosta é de chupar bala – eu também, nunca escondi minha preferência da mamãe. É como se a gente ficasse remexendo na boca o leite adocicado e materno, que seca quando o menino veste as calças e a menina, o vestidinho de chita.

Há uma técnica especial para fazer a bala durar na boca. Evitar, primeiro, que tenha qualquer contato com os dentes, tanto com os da frente quanto com os de trás. A pastilha deve ficar totalmente protegida pela língua e ser jogada apenas contra o céu da boca, jamais contra os dentes. A bala irá sendo pouco a pouco laminada pela saliva e se transformará numa linguetazinha quebradiça. É preciso muita esperteza para que o exercício adocicado da saliva seja completo. Língua e céu da boca têm de funcionar como uma espécie de envelope.

Mesmo que os dentes da frente e os de trás não esmigalhem a linguetazinha, eles acabam por desbastar as quatro quinas e, se a gente consegue não engolir logo o troço, ele fica fragilizado e irá pouco a pouco se autoesmigalhando. Os pedacinhos descerão garganta abaixo pelo caminho às avessas do arroto causado pela digestão apressada do almoço.

De segunda a sexta-feira, gosto de estudar na escola e em casa, de escrever nos cadernos e de ler livros, e nunca matei aula. Sentia falta de duas coisas. Nunca cheguei a dizer ao papai que queria ir ao cinema mais vezes e ter uma bicicleta. Dizer à mamãe seria perda de tempo. Será que algum dia ela tinha ido ao cinema ou visto uma bicicleta?

Como conciliar meu horário de trabalho com o horário das matinês de sábado e de domingo? Não havia maneira.

Não queria ter bola de borracha ou de couro para jogar pelada e até hoje não sei por que quis ter em mãos a caixa com o conjunto de pingue-pongue, avistada pela primeira vez numa vitrina do centro da cidade. Amor à primeira vista. Namorei-a por meses a fio. Sumia da vitrina e ressurgia, com a inconstância da lua no céu. O desaparece e reaparece da caixa atiçavam meu desejo de comprá-la e de tê-la em mãos. Com que dinheiro? Para quê? Lá em casa não havia mesa do tamanho adequado ao jogo e meu adversário no pingue-pongue não poderia ser o papai.

Desajeitado no uso das mãos, mamãe dizia e repetia que o marido tinha nascido maneta. Quanto às pernas, acrescentava ela, são outros quinhentos. Manquitola eu sei que você não é.

Papai não lhe dava trela, dizia apenas que as mãos dele ficavam sentadas na cadeira, guardando lugar para as mãos dela. Estas, sim, trabalham à perfeição: lavam, passam e engomam a roupa suja das famílias ricas.

No jogo de pingue-pongue, eu destaco a bolinha branca feita de celuloide. Gosto de ver o quique que ela dá depois de transpor a rede e martelar o outro lado da mesa. Por o jogador ter conseguido enviar a bolinha com efeito e o adversário não ter conseguido rebatê-la, ela volta a dar quiques e mais quiques no chão, não tantos quantos se fosse feita de borracha. Adoro acompanhar com os olhos os volteios da bolinha branca feita de celuloide.

O primeiro é um quique e tanto, um verdadeiro regalo, já que produto dum som seco e único que encanta meus ouvidos desgostosos com o funcionamento ininterrupto dos motores de automóvel, ônibus e caminhões no meio da rua. Não me interesso pelas raquetes e pelas raquetadas, menos ainda pela rede que divide a mesa em duas áreas e distancia os jogadores em inimigos. Só me interesso pelos voos e revoadas da bolinha, pelos seus quiques. Graças a ela, admirava a força e a perícia dos jogadores.

Namorava a caixa com o conjunto de pingue-pongue porque um dia gostaria de mostrar a todos que poderia tirar um quique vigoroso da bolinha branca de celuloide. Um menino me disse que de todas elas as mais resistentes às rachaduras e as mais dóceis às manobras táticas do jogador eram as de fabricação japonesa. Vinham de muito além do rio Amazonas e do oceano Atlântico, nos porões dos navios cargueiros.

Se me pergunto hoje, que até carro possuo, por que quis ter uma bicicleta, não sei responder.

Eu gosto de andar, sempre gostei de andar sozinho por Belém. De segunda a sexta-feira, ao ir para a escola ou ao voltar de lá. Aos sábados, domingos e feriados, com ou sem o tabuleiro de doces contra a barriga.

Não me agrada andar de bonde ou de ônibus pelas ruas, avenidas e praças da cidade. Sinto um calafrio em pensar que o bonde pode passar pelo ponto e não parar para mim. Isso acontecia em Belém, quando o motorneiro via um pé-rapado no ponto, à espera do bonde fechado. Corria boca a boca o episódio acontecido e anotado pelos olhos dos passantes, e a mera possibilidade de se repetir ameaçava os meninos pobres como fantasma vestido de branco em comédia do gordo e o magro. Eu sempre tinha o dinheiro da passagem no bolso, mas não tinha prazer em pegar o bonde ou o ônibus. Gostava de andar. Andava a pé por onde tinha calçada e por onde não tinha. Devo ter puxado esse gosto do papai, que era rueiro como ele só.

A bicicleta viria a ser a minha cachacinha? Pode ser.

Para saber direito se ela viria a ser ou não, era preciso que soubesse primeiro o que a cachacinha diária significava para o papai. Aviso logo que ele não era de encher a cara. Longe de ser pinguço ou Mané bebum. Parecia fumante que fuma um único maço de cigarros por dia. Não mais. Não são viciados. Depois do expediente, o papai bebia três ou quatro doses da branquinha, o suficiente para levá-lo lépido e fagueiro de volta ao lar.

Ele abria a porta da sala e já nos ia dizendo uns gracejos sem graça. Mamãe estava na janela e não ria com as facécias do papai, ficava à espreita de alguém que nunca chegava. Continuava a olhar para o horizonte, alheia e cismarenta. Para não fazer dupla com o marido, ria depois e com os próprios botões. Soltava um sorriso de olhos vazios e não de lábios abertos. Sorriso de quem se encanta com o não visto e não de quem ouve as palavras e as acha engraçadas.

Quando o espírito do marido voava leve ao embalo da caminhada e do álcool, mamãe gostava mais do papai. Admirava-o como se admira a perfeição arredondada e feliz da fruta colhida no momento do seu pleno amadurecimento. Eu enxergava o deleite da apetência no olhar dela. Essa era a razão para não sonegar ao marido o dinheiro recebido pela lavagem de roupa ou pela venda de doce. Ganhas com o suor no tanque e no fogão improvisado no terreiro, as moedas tinham lá sua serventia.

Em casa, o amor era tutelado pelas beiradas do trabalho doméstico da mamãe.

Mamãe dizia e repetia que meu pai sem o dinheiro da cachacinha era como o carvão. É preciso soprar o carvão para ele virar a brasa que lhe transmitiria entusiasmo pelo trabalho de servente no grupo escolar e lhe acenderia o gosto pela vida em casa, ao lado da mulher e do filho.

Assim e em silêncio obrava o querer-bem da mamãe.

Sem a bicicleta, eu seria como o carvão? Pode ser. Ao ganhar o pleno controle do guidom, quem sabe se eu não viraria brasa?

Com o pedalar ritmado a impulsionar as duas rodas, voaria de encontro ao vento da tarde e em direção ao pôr do sol. Como o menino do circo, soltaria as duas mãos do guidom e empinaria o corpo como se a cavalgar um pônei de estimação pelas quatro esquinas do terreiro. O vento passaria zunindo pelos meus ouvidos. Meu rosto se afoguearia e os olhos seriam dois faróis a clarear o caminho. Gritaria *Shazam*! E me transformaria no Capitão Marvel. A bicicleta correria sem distinguir o asfalto do paralelepípedo, o pé de moleque da terra batida. Eu abriria os braços como Cristo na cruz. Por onde palmilhassem as rodas da bicicleta, abençoaria de braços abertos as pessoas, as plantas, os animais e o mundo. Chegaria suado em casa. Passaria pela sala com a bicicleta e a guardaria no meu quarto, ao lado da cama. Voltaria à sala, onde estavam o papai e a mamãe, e traria o sorriso nos lábios que mamãe me dizia às vezes te falta.

– No mais, você tem tudo, meu filho, tem tudo de bom, só o sorrisozinho no rosto é que te falta. – Por que um menino tão bom tinha nascido e crescia tão triste?

E o sorriso continuaria a me faltar, mamãe, mesmo se, ao sentar no selim da bicicleta, estivesse a tomar a minha cachacinha. Não dizem que cipó não trepa em pau morto?

Os anos corriam depressa. Correram depressa, a escorrerem por entre os dedos como se fosse areia de construção até então aprisionada numa ampulheta mágica. Eu não via que a infância tinha passado e ido morar no caixa-prego. Já era um rapazinho. Tinha as mãos doídas. As pernas doídas. O corpo doído. A cabeça e o coração doídos de sensações vazias. A vida se confundia com alfinetadas diárias de dor e estava para virar – ou não virar – doença mortal, a ser decapitada numa reviravolta da noite amazônica.

Ao se acostumar com as calças compridas, o rapazinho descobriu que sempre tinha sido trapaceado pela sorte. Tinham-se passado muitos e tantos dias e noites da sua vida, e nada de alvissareiro lhe tinha acontecido nem lhe aconteceria. Por não ter recebido recompensa por viver e por não merecê-la no presente, o menino rapazinho teria sido egoísta e sovina? Ou a vida é que é egoísta e sovina?

Não e não.

Durante todo esse tempo de vida, papai e mamãe tinham se servido de mim como se eu fosse cartas de baralho. O casal jogou para a plateia de desconhecidos o jogo certo, o jogo errado, o jogo confuso dos meus dezesseis anos no planeta. Sem a permissão do interessado, mas a inculcar-lhe a necessidade de estudo e de trabalho, tinham depositado todas as esperanças no futuro do filho querido. Eu fora reduzido a um bilhete branco comprado a duras penas e muita luta diária numa casa lotérica.

Aos dezesseis anos, eu era o mesmo que fui sendo aos poucos, airadamente.

Sonhei ter o punho e os dedos fortes e insensíveis do alicate. Com eles pegaria coisas que não me deixavam tocar, que nem sequer conseguia tocar. Quis revestir meu corpo com a cabeça dura e turrona do martelo. Atiçado pela carapaça e birrento, não mais pregaria prego sem estopa.

O destino pode não ser sina. Ouvia a voz dos anos já vividos.

A voz me soprava que os anos vividos estavam cansados de tanta rotina e me perguntava – jogando-me contra a parede como se eu fosse pedra encontrada por acaso no meio do caminho – se não era chegado o momento de dar uma guinada repentina no nhem-nhem-nhem. Diante de mim, quietos e silenciosos, os anos vividos começaram a rir, provocando-me. Como eu não reagia ao riso nem às provocações, acenaram com gritos de adeus, deixando-me só com meus demônios. *Bye-bye.* Os gritos de adeus nada significavam, ou significavam qualquer coisa como perguntas insistentes sem objetivo claro e definido, perguntas apenas:

Por quê? Para quê?

Não sabia como respondê-las.

No quarto que tocava a mim na casa dos pais, entendi que não eram risadas nem perguntas o que eu escutava. Escutava as vozes brancas das nuvens que, eu deitado na cama, via através da janela. Elas corriam estabanadas e coqueteavam o azul do céu como se fossem mulheres de vida airada. Levantei-me da cama e caminhei até a janela. As vozes das nuvens tinham baixado ao terreiro de casa e, como num caderno escolar, escreviam as risadas e as perguntas numa parede pintada de branco, plantada no meio do quintal.

Sem ser obstáculo, a parede branca de risadas e de perguntas escritas interditava qualquer visão grandiosa dos fundos do terreiro e do horizonte.

Eu, leitor, me casava às palavras e às risadas escritas, que lia. Sem as ter escrito, eu estava escarrado nelas. Éramos carne e unha, e não por coincidência. Estávamos todos cravados como um prego branco em parede também branca – tanto os gritos de adeus e as perguntas, quanto os ouvidos que escutavam os gritos de adeus e as perguntas, como, ainda, os olhos que estavam a lê-los.

Naquela manhã, diante do espelho do banheiro, o rapazinho de dezesseis anos não tinha enxergado a possibilidade de novas e diferentes emoções. Os outros e demais dias, os muitíssimos dias que estavam para ser vividos se amontoavam indistintamente no prego branco da parede branca, que ele via às suas costas a representarem seu futuro.

Tão jovem, e o esqueleto branco estava dependurado no prego branco cravado na parede branca do banheiro.

Será que ainda sobrariam alguma sensação para experimentar e alguma vida para viver?

Teria me conformado a deslizar invisível pela vida? Seria preciso perder a companhia e a proteção do papai e da mamãe? Perder o teto que me tinha abrigado por tantos anos? Perder a cidade que me tinha visto nascer e crescer? Conformara-me a deslizar invisível e quieto pelos cômodos da casa e pelas ruas da cidade, e me rebelava ao líquido fluir do tempo, sem arrepio nem tropeço. Ganhava a altivez da parede branca, plantada pelas nuvens no terreiro da nossa casa em Belém do Pará.

Hoje sei que foi aos dezesseis anos que, por descuido, enxerguei de cabo a rabo a vida vivida e a viver, inteirinhas e uma só, como se, atadas, fosse uma só bolha de sabão, redondinha, alçada aos ares pela brisa que soprava do rio.

Que saudáveis pulmões amazonenses tinham soprado a bolha de sabão? Os do rapazinho franzino, trabalhador e sem vícios, ou os da natureza selvagem e indômita? Não sei.

No ferro de passar, o carvão voltava a ser brasa.

Como se esculpida em vidro de vidraça por algum curupira extraviado pelas redondezas da cidade, como se fosse uma lâmpada elétrica, a bolha transparente tinha alçado voo como por feitiço, e brilhava. Em pleno quintal de casa, pairava mansinha na calmaria da tarde, refletindo todas as tonalidades ambientes do verde das árvores e do azul do céu.

Caminhei até a bolha, para apanhá-la. Desisti. Sentado no tronco da árvore abatida, que mais cedo ou mais tarde iria virar toras de lenha a cozinhar o angu do sabão em bola, resolvi dar tempo ao tempo. Se nada fiz e nada faço, o que tenho a fazer? Bem de perto, a bolha de sabão perdia os reflexos transparentes do verde e do azul e trazia para junto de mim as cores luxuriosas da lonjura.

Como se barrinha de goiabada salpicada por açúcar cristal, a bolha refletia o crepúsculo de nuvens multicoloridas e de sol. Estava tão bonita quanto uma fantasia feminina de carnaval, uma vitrina de loja no centro da cidade ou uma árvore iluminada de Natal.

Nunca mais será o que é apenas reversível ao que foi.

O futuro poderia estar pronto e acabado nos porões do corpo?

Tinha de aprender a negociar de maneira menos espetacular com a bolha de sabão. A conta aritmética dos dias vividos tinha funcionado às minhas custas e costas. Tinha somado as parcelas de cada ano e aprisionado a mim dentro de mim, assim como a bolha aprisiona dentro dela o ar que a tinha soprado, vindo dos pulmões de curupira ou das árvores na floresta.

A bolha de sabão foi observada por uns olhos caolhos e estapafúrdios, que estavam escondidinhos lá dentro do meu corpo, presos entre as quatro paredes da pele e sufocados pelas grades dos ossos. Não eram meus olhos os de rosto, de filho e de ser humano. São uns olhos de prisioneiro sem lembrança da culpa que o levara à cadeia, sem antevisão da cadeira elétrica que os puniria definitivamente. Uns olhos sem arrependimento nem remorso, mais parecidos com os olhos de coração ferido, se ele os tivesse. Parecidos com os olhos dos pulmões, do estômago e dos rins, se eles recebessem através da boca algo além do ar, da comida e da água.

Para observar a bolha lá fora, meus olhos de dentro do corpo tinham de serrar primeiro os lingotes dos ossos. Depois, transpor a barreira da caixa torácica. Então, ganhar de recompensa lâminas de punhal para perfurar a pele. Meus olhos de dentro do corpo veriam finalmente, lá fora, a bolha, redondinha, a flutuar inteirinha e mansa, como se fosse uma bola de pingue-pongue imobilizada no ar, insensível e resistente às raquetadas do adversário.

Meus olhos lá de dentro não tinham mãos, e se tivessem a mão direita não teriam direito à posse duma raquete. Se tivessem direito – por lembrança de outros tempos – à posse duma raquete, meus olhos lá de dentro do corpo teriam obrigado a bolha de sabão a dar um quique após o outro no terreiro, até que ela se estourasse ploft! porque ela não fora fabricada no Japão, com uma carapaça de celuloide inquebrável.

Era frágil e amazônica minha bolha de sabão a flutuar!

Seria eu, aqui dentro do corpo, tão frágil quanto a bolha, lá fora, ao sabor das raquetadas do vento soprado da floresta? Não posso acreditar.

Nada é mais consistente e rochoso que o vácuo criado pela resistência dos anos vividos, ainda que eles tivessem perfeito apenas dezesseis. O vácuo da bolha acumulava a esperança que tinha conduzido minha vida sob a proteção dos pais, transformando-a em pedrinhas miudinhas e sensíveis, que se colavam umas às outras, perfazendo ao final da operação a invisibilidade consistente do vácuo na bolha. Para provar alguma coisa é que meus pais me fizeram viver.

Para provar a quem?

A Deus eu sei que não era, ao Diabo também sei que não era. Aos homens, talvez. Fizeram-me viver para provar o quê? – que eu tinha todas as razões para levar bem a vida.

A vida não é ilusão. Ela é montada de verdades verdadeiras, mas mente pelas bordas, como o bordado mente a consistência e a resistência da toalha de linho a que, no entanto, traz beleza. Como a vida mente descaradamente a quem, ao vivê-la, evita o tropeção na parede pintada de branco que fora plantada pelas nuvens no terreiro de casa.

Dentro do corpo, meus olhos; fora de mim, a bolha. Os dois não tínhamos a mesma espessura, mas éramos o mesmo, sem na verdade sermos um só. Os olhos, reflexo da bolha; ela, reflexo dos olhos. A vida não é ilusão. É efeito de espelho pelas metades. A imagem refletida é e não é a imagem real. Meio por meio, nunca um, por inteiro. O jogo da espessura do vivido é metade e o jogo da aparência a viver é metade. Vácuo é vácuo e não é vácuo, já que a certa hora o vácuo se preenche, sem ter sido possível definir sua identidade por inteiro.

Então, só me fora possível ter vivido a metade obscura do vácuo.

Mamãe me perguntou o que ia fazer na rua àquela hora da noite.

Disse que ia caminhar a esmo, como o papai gostava de fazer ao voltar do trabalho.

Ela me disse para eu não me desinquietar, mesmo se o bicho-carpinteiro aparecesse. Ele pode aparecer ao dobrar duma esquina.

Fui à praça do Operário comprar uma passagem da Viação Itapemirim para São Paulo.

Daí a dois dias, cedo pela manhã, embrulhei num lençol minhas roupas, lavadas e passadas pela mamãe, dei dois nós nas quatro pontas do lençol e, sem me despedir dos meus, caminhei até a estação rodoviária com a trouxa às costas. Eu saía fugido de casa. Quase ao chegar na praça, passei pelo mercado de São Brás. Comprei uma bolsa de viagem. Abri o zíper, enfiei nela roupas e pertences e cobri tudo com o lençol. Fechei o zíper.

CHESTER

> *E a sua mãe não tinha amado antes de o ter.*
> ALBERTO CAEIRO, *O guardador de rebanhos*, poema VIII

A infância alicerçou a noite de Natal no território feminino da família. Por mais que a mamãe e as professoras se esforçassem por me convencer que o Natal era a festa do Menino Jesus e do Papai Noel, não me sentia incluído na noite e papai não se julgava à vontade para entregar a cada um, pessoalmente, os presentes escolhidos por ele e comprados com sua grana.

À mesa de jantar, mamãe era a dona da bandeja com o chester assado. Ao manobrar com rara felicidade o garfão e a faca afiada, destrinchava a ave rechonchuda como se fosse um açougueiro de plantão. Distribuía as partes nobres pelos vários pratos, demonstrando conhecimento das preferências individuais. Sabia até quem desdenhava a farofa incrementada do recheio, minha favorita. Ao lado do pinheiro iluminado, ela fazia questão de que o embrulho com a lembrança natalina passasse por suas mãos antes que o legítimo destinatário dele tomasse posse. Oferecido o presente, sapecava delicados beijinhos no agraciado.

Minhas duas tias por parte de pai eram solteironas e lhe faziam coro. Soltavam as exclamações de praxe e, com o movimento semicircular do pescoço e dos olhos, indicavam a pessoa que as provocavam – mamãe. Felicitavam o irmão mais novo por ter esposa tão carinhosa e prendada. Ele tinha tirado a sorte grande. Dos avôs, restava Vovó, mãe dela, que ficava sentada na cadeira de balanço, alheia aos familiares e ao mundo. Apesar de entregue à doença de Alzheimer, também entrava na roda. Ao mais insignificante dos brindes levantados à mesa, os olhos das três mulheres não deixavam de enquadrá-la.

Podem imaginar a razão pela qual – durante e depois da ceia de Natal – eu reunia forças para dar apoio estratégico ao papai. Meu respaldo não se manifestava por atos. Só por palavras de agradecimento e de afeto, sussurradas no seu ouvido. Eu não recusava as coxas do chester, que me cabiam por gosto e por decisão materna. Seria grosseria pedir para trocá-las por outro pedaço da ave. Papai Noel não deveria perder a identidade ancestral, mas como entregar de volta às mãos paternas o presente oferecido pela mamãe? Não se justificava o desrespeito à função assenhoreada por ela. E mamãe muito me amava (disso não tenho dúvida).

Tanto mais me amava porque cheguei tarde à vida dos dois. Teriam formado o clássico casal sem filhos, e dele sido exemplo feliz, se o ginecologista da mamãe não tivesse batido as botas e ela não tivesse encontrado substituto à altura. Depois de ter acolhido a nova cliente na Clínica de Reprodução Humana e escutado as queixas da futura paciente, o dr. Augusto Severo não só lhe enxugou as lágrimas com palavras de fé e esperança, como lhe garantiu o êxito do procedimento médico, se feito, é claro, sob sua responsabilidade.

Dizem que mamãe não esperou a hora do jantar para soltar a bomba. Tão logo papai cruzou o batente da porta do apartamento, ela saltou para os braços dele, conduzindo-o à sala de visitas. Passou-lhe detalhes e mais detalhes sobre a possibilidade do filho poder ser gerado por inseminação artificial. Palavra do novo ginecologista. A partir daquele momento, tudo dependeria da aquiescência do marido, e era por isso que tomara a liberdade de incluí-lo na próxima consulta ao dr. Augusto.

No correr dos anos, arquivei na memória o que escutava e o que adivinhava no escutado. Não havia como esconder o sol com a peneira. Mamãe se sentia injuriada por não poder ter filho. Não aguentava mais os comentários da mãe, que lhe exigia um neto pelo menos. Não era fértil o sêmen do papai. Por haver paralelismo entre as lições que recebia na escola sobre sexualidade e as novas domésticas sobre minha concepção, eu estranhava a fecundação sem o sentimento do amor. Não é o êxtase celestial dos cônjuges que impregna o futuro bebê de felicidade? Eu era produto das manipulações genéticas do dr. Augusto Severo e como tal me sentia.

Bebê de proveta. A expressão era e ainda é chocante. De tal forma chocante, que os programas de televisão procuram suavizá-la, recobrindo-a com humor em *sketches* apimentados. Não dizem que rir é o melhor remédio? Para pai e filho não era.

Papai se sentia infeliz com a viravolta familiar criada pela esposa aos 38 anos de idade. Graças ao louvável know-how do dr. Augusto, o famoso advogado criminalista se transformara num chefe de família, cujo pátrio poder tinha sido exposto à visitação pública dos inimigos. Enquanto o casal consegue manter o silêncio conivente, não se sabe a que cônjuge recai a culpa pela esterilidade. Do momento em que, na maternidade, a barriga da mãe explode e expulsa o bebê para o mundo, resta pouca dúvida, e surgem outras dúvidas.

Teria sido eu procriado *in vitro* com o sêmen paterno? Dificilmente. Houve consulta e recurso a um banco de sêmen? Certamente. Qual é o nome do doador do sêmen fecundo? Era solteiro e hoje é casado? Já morreu? Sabe que eu existo?

Para evitar angústia maior, paro de desdobrar as dúvidas em perguntas. Vou direto ao que passou a inquietar-me do momento em que me julguei dono do próprio nariz. Como nenhum ser humano brota do nada, queria conhecer meu procriador.

Já perceberam que não fui menino de coragem. Tampouco fui adolescente atrevido. Durante as sucessivas ceias de Natal, quando éramos mais de três à mesa, minha indisciplina se manifestava pelo sussurro de palavras afetuosas no ouvido do papai. Eram de agradecimento aos vários presentes que mamãe me entregara. Na puberdade, poderia ter-me dado ao luxo da malcriadez ou dos comentários estapafúrdios. As tias solteironas compreenderiam meus atos de insubordinação, tanto mais porque vinham de onde vinham, de fora do sangue da família, e a vovó, bem, ela nem se daria conta do pirralho que lhe fazia concorrência em diabruras. Realmente, não sou capaz de atos claros, que carreiam significados precisos.

A adolescência sedimentou a noite de Natal no território feminino da família.

Ao atingir a maioridade, ganhei coragem e fiz a pergunta que não queria calar.

Papai se fechou em copas. Mamãe virou um túmulo. Não havia porta no mistério familiar, a não ser a que se abria para a felicidade alheia. Vovó tem seu neto, as tias solteironas, seu sobrinho e mamãe, seu filho.

SEPARAÇÃO

Levo vida boba e chata, sem percalços. Isso desde o dia em que me aposentei pelo INSS como garçom na praça do Rio de Janeiro.

Ao somar os extratos das contas poupanças, descobri que acumulara algum dinheiro. Tinha alimentado as contas com assiduidade. Depositava as merrecas recebidas como gorjeta durante os quarenta e poucos anos em que servi – primeiro, no balcão de lanchonetes, depois, de bandeja em punho, nos restaurantes de primeira – a uma clientela nem sempre das mais educadas e finas do planeta. Constato nos filmes e programas exibidos na televisão que, à mesa, o brasileiro é o povo mais estabanado do mundo. O saldo da poupança propiciou a compra à vista desta quitinete em Copacabana e me livrou do aluguel do apartamento no Bairro de Fátima. Moro aqui há dois anos e poucos meses; morei lá por décadas.

Na pia batismal da Secretaria Municipal de Fazenda, o prédio recebeu o número 200. Os antigos moradores da rua Barata Ribeiro, 200, foram de tal forma difamados pela página policial dos jornais cariocas que se uniram para pôr fim à pecha de marginais urbanos. Entraram na Justiça e tiveram ganho de causa. A prefeitura fez uma meia-sola na fachada. Trocou o número dois seguido de dois zeros pelo número um acrescentado de noventa e quatro. Barata Ribeiro, 194. Meu endereço atual.

Novecentos e sessenta seres humanos se encontram encaixotados nas quinhentas e sete quitinetes do edifício Richards, administrado por Benedito Rodrigues Silva. O número de habitantes e de casinhas na pequena cidade do sertão cearense onde eu nasci não é maior.

O síndico me garantiu que os moradores já foram três mil e que essa história de prostituta, de michê ou de travesti a levantar freguês nos corredores de 80 metros de cada andar, a ser esfaqueado e a ser atirado na calçada por uma das janelas da fachada, ou a ser induzido ao suicídio, toda essa história – enfatizou ironicamente – se não for coisa do passado, é o mais deslavado perjúrio. Também me garantiu – por ocasião da visita que lá fiz, em data anterior à assinatura da escritura – que um conjunto de quitinetes num dado andar não faz hoje as vezes de motel de alta rotatividade. Isso é coisa do passado, insistia.

– Sim, senhor, gente necessitada mora aqui no Richards. A ralé da zona sul carioca não mora não, senhor.

Benedito acrescentou que qualquer morador pode aprontar e algum irá aprontar. Porteiro não é pitonisa. De repente, pode aparecer um visitante com ficha pregressa na polícia. Se munido dum Taurus tresoitão, vai bagunçar o coreto. A delegacia da Hilário de Gouveia será acionada e a radiopatrulha aparecerá.

– Arranca-rabo faz parte do dia a dia da Princesinha do Mar, pela manhã, à tarde, à noite e pela madrugada – ele ponderou, depois do meu silêncio inconveniente. Benedito não dava por terminada a prostituição feminina, masculina e do terceiro sexo nos corredores do prédio, nas calçadas, no calçadão e na praia. A dois passos daqui, os inferninhos da avenida Prado Júnior continuam bombando.

– O ser humano não é mau, é a vida que é dura, cada vez mais dura para os desempregados! – exclamou à guisa de arremate.

Discordava da conclusão sobre o desemprego no Rio de Janeiro, a que o síndico tinha chegado, e por isso fiquei excitado com a possibilidade de ser um a mais entre os quase mil moradores da comunidade. Acompanhei o agente imobiliário até o cartório, no centro da cidade. Paguei o imóvel à vista, assinei a escritura e recebi as chaves. Comprei geladeira e fogão novos. Fiquei com a mobília do antigo proprietário. Dava para o gasto.

Se você viu a novela *Capitu* já sabe que, na classe média da zona sul do Rio de Janeiro, o dia a dia das famílias não é um mar de rosas. Motivado pela mudança da capital federal para o planalto goiano, o clima generalizado de penúria financeira, de depravação moral e de bagunça generalizada tornou-se marca registrada de Catete, Flamengo, Botafogo e Copacabana, os bairros dos barnabés e dos altos funcionários públicos federais.

Tanto os moradores do nosso Richards, quanto os do Chopin, prédio ocupado pelos multimilionários da avenida

Atlântica, encontram seu nicho na derrocada carioca. São estes que, nas colunas sociais e nas páginas policiais, se deixam fotografar trôpegos e a soltar trinados desafinados. Que o diga a celebridade Narcisa Tamborindeguy e seus convivas franceses e gregos, clicados por motivos mal contados. Quem não acompanhou a novela do helicóptero? O piloto virou mordomo de filme policial, sem ter tido o brevê apreendido pela ANAC.

Que o diga também a niteroiense Luma de Oliveira, casada com um miliardário das *commodities* e madrinha da bateria da Portela. Não há por que ter pena da mulata Bom-Bom, a ex-madrinha da bateria que foi chorar as mágoas nos ombros do pagodeiro Dudu Nobre, seu marido. Competir com miliardário dá nisso. O capinar é sozinho – dizia meu velho pai, lavrador no sertão do Padim Ciço. Quando dizia a frase, não tirava os olhos claros do azul dos céus. Buscava uma luz dourada mais brilhante e mais generosa que a do sol inclemente, a castigar a terra e a ele.

Descanso a velhice lendo as revistas em cê: *Caras, Carinho* e *Contigo*. São o purgatório do aposentado, antes, durante e depois da programação diária oferecida pelo canal Globo. Lavo a alma antes de tê-la assada em brasas. Regalo-me com as fotos mal ensaiadas e quase caricatas dos grupos familiares. Elas documentam o aparecimento de mais um rebento no lar das estrelas globais, o surgimento de namoro incandescente nalgum restaurante, ou numa boate da moda, e, ainda, a explosão duma conturbada separação a envolver duas, três ou quatro celebridades, recauchutadas ao ritmo de botox e de cirurgia plástica. Embora as ferramentas do

Photoshop sejam o deus nos acuda das dondocas, flash de máquina fotográfica não mente.

O INSS me tirou o uniforme de pinguim e me vestiu bermudão e camisa de moletom no inverno e, no verão, short e *t-shirt*. Pijama só na hora de dormir. Além de deprimente, o traje é um ultraje ao bom gosto. As calosidades do ofício me levam a calçar sandália havaiana o ano inteiro e, quando não estou dormindo, tomo assento na cadeira de balanço, com as pernas apoiadas num banquinho. As varizes tomaram de assalto os cambitos nordestinos. De um ano para cá, são as costas que gritam por socorro.

A roupa de trabalho foi distribuída entre os ex-colegas cearenses. Ainda guardo dois ternos no armário Gelli. Também, algumas camisas sociais, gravatas, sapatos e meias pretas. Para não ficarem entregues às baratas do edifício Richards (e como as há pululando pelos longos corredores), roupas e apetrechos sociais recendem a naftalina.

Ao entrar para a vida noturna da alta burguesia, o serviçal não tem a palavra como principal apoio. Vale-se sempre de formas de cortesia. O silêncio e a imaginação são as pedras do alicerce. Também os olhos. Servem para espelhar a diversidade sem fim da estranhíssima fauna humana, a que o garçom não pertence. Terra a capinar nunca me faltou, como também a meu pai. Alforria nossa. Já a colheita, bem, colheita não é sinônimo de fartura em casa.

Durante a leitura das revistas de fofocas, detenho-me menos na matéria da reportagem e mais nas fotos. Mania de antigo profissional do rega-bofe. O olhar distanciado a apreender todo o salão se somava ao olhar restrito e interrogativo a penetrar a intimidade da clientela sentada nas mesas da minha estação. De posse da imagem geral, eu reparava os gestos rudes dos clientes que se julgavam mal servidos pelos companheiros. Junto aos comensais sob a minha responsabilidade, aparentava a invisibilidade que visa à perfeição no atendimento fidalgo.

Na leitura, dou continuidade ao olhar panorâmico, oblíquo e dissimulado, somando-o ao olhar *close-up*, reto e subserviente. Mergulho o duplo olhar na foto fria estampada na página, para que dela salte, fervendo, a cuca do aposentado. Fico gamado com a foto que me entrega de mão beijada o malquerer estrábico de alguma madame ou o focinho de dentes lambuzados de algum freguês ou, ainda, o rostinho perverso do bebê de Rosemary.

À beira da caduquice, transformo a memória em espelho do desembaraço e da esperteza do retirante nordestino capacitado para garçom. Não afirmam que o mal de Alzheimer ataca com mais assiduidade os preguiçosos de carteirinha de aposentado que os trabalhadores de carteira assinada? Obrigo meus neurônios a malharem na academia de ginástica que montei nos corredores e nos salões das lembranças pessoais e profissionais. Mente alerta, sempre varonil.

Só histórias de adultério me levam a menosprezar a foto a favor da palavra impressa. Dou a vida pela descrição pormenorizada dum flagra de infidelidade conjugal, com direito a testemunhas oculares, leões de chácara, radiopatrulha e detetive particular.

Não sou leitor dos jornais que, mal abertos, espirram sangue no rosto. Meu pavor de sangue se enlaça ao desprezo pelo repórter que força a barra na descrição da violência humana e chega ao asco, no caso de comida, diante da galinha ao molho pardo, do sarapatel caseiro ou do sofisticado *boudin* francês. Nada de sangue. Gosto de casais que seguem andando entre tapas e beijos até o dia da separação final. Gozo com o flagra de adultério, não escondo, mas, se as relações a três ou a quatro terminam em tiro ou punhalada, mijo nas calças de paúra.

No escavado da alma humana, a munição assassina só pode ser a palavra de deboche ou o tapa. Deus gosta mesmo é de comer escondido, no escuro e com a boca de escárnio. O Diabo é que palita a boca para retirar dos dentes os fiapos da galinha ao molho pardo.

Para analisar e julgar o freguês, foco os olhos no seu modo de vestir. O freguês ideal? Nem esfarrapado nem emperiquitado. Depois, observo o modo de falar. Se o comensal me trata de "parceiro", tenho vontade de esgoelá-lo. Ao vê-lo comentar a notinha de despesa e reclamar dos preços ou da gorjeta, a intuição já tinha me inocentado dos maus pensamentos e dos palavrões silenciosos. Se me trata de "amigo", tenho vontade de perguntar: De onde? Só se tiver sido da última temporada de esqui em Cortina d'Ampezzo. De "companheiro", menos mal. Sinto firmeza e respeito quando me chamam por "garçom". Afinal, é a minha profissão.

Nunca cheguei a ser *maître*. Sempre tive espelho em casa – já viram um *maître* de um metro e sessenta e cinco, redondinho redundaco, que não tem fundo nem buraco? Bem que queria ter herdado os longos cabelos alourados, os olhos claros e os braços musculosos, o corpo alto e retilíneo do papai. Nas suas veias corria o legítimo sangue pernambucano do príncipe de Nassau. Puxei à família da minha mãe, de raiz cearense.

Sou fissurado numa separação, de preferência litigiosa, já disse. A chama viva de minha obsessão foi acesa pela mudança dum jovem casal suburbano para a quitinete ao lado. Cheguei a conhecer o antigo morador, proprietário do imóvel. Era viúvo e multimilionário.

Ex-dono de supermercados na Baixada Fluminense, mais para Saladino que para Carlos Magno, o galego de pele morena morava onde morava por causa do diabo de dentro. A caminho das pontes de safena e com ingresso de entrada no além, o intrépido vizinho ainda disputava com os porteiros e faxineiros das redondezas a preferência das domésticas, em geral jovens sestrosas e popozudas, mulatas do balacobaco.

Tínhamos a mesma idade, por isso, invejei sua mancebia durante os primeiros meses de vizinhança.

A ambulância e o filho foram chamados às pressas. Transportaram-no para o hospital, deixando a biscateira plantada no corredor, em frente à minha porta, de mãos abanando. O mal súbito do pai-d'égua lhe tinha passado o beiço. Terminado o abre-e-fecha porta das quitinetes, acalmado o disse-me-disse na portaria, eu a assisti com o dinheiro da janta e da condução. Ficou agradecida. Tirou da bolsa um pedaço de papel com o número do celular escrito e me passou.

O correio dos corredores informava que o galego parrudo – assumidamente usuário e defensor das pilulazinhas azuis, disse-me o língua de trapos da portaria do prédio – começou a sentir fortes dores no peito quando era cavalgado pela biscateira. Ele telefonou ao filho que o vinha visitar de tempos em tempos, que telefonou ao Prontocor. Não eram más as línguas do Richards, diziam a verdade. Do meu apartamento cansei de escutar o ritmado campear lento e depois o cavalgar aflitivo das amazonas. Era acompanhado pelo trote frenético e a respiração agoniada do mulo, que viajava a caminho da glória no gozo, ou do sacrifício no matadouro. Se profundo, todo gosto vira regra de vida e morte. Vale mais que seis vinténs.

    O quase defunto foi levado em maca para o Prontocor, de onde não voltou. O imóvel foi parar nas mãos dos filhos, que já desfrutavam de espaço amplo e nobre com as respectivas famílias. Desembarcou o navio negreiro, aportou um jovem casal. Pelo físico, as roupas, o gestual e a fala, eram suburbanos, cujos pais tiraram a sorte grande da malandragem no asfalto e desceram a favela. Ele, balconista, ou gerente, em drogaria de Botafogo. Ela, professora primária na rede pública municipal, com duas matrículas.

    Quando vi marido e mulher juntos e pela primeira vez, descobri que a vida boba e chata tinha chegado ao fim. Remédio de doido é doido e meio.

    Virei *voyeur* do novo drama que se armava por detrás da parede de papelão, que separa nossas quitinetes.

    Às seis e meia da manhã, marido e mulher tomavam o elevador. Bastou uma batida de olhos para intuir que minha imaginação teria pano para mangas. Trancada na quitinete, ficava para trás a peça mais exuberante do pano alheio – dois cachorros abandonados à própria sorte, que latiam e latiam, arranhavam e arranhavam a porta de entrada da quitinete vizinha.

    Se se invertesse o lado da porta, os cachorros agiam como o cabrão do terceiro andar na semana passada. Botado no olho da rua pela companheira, e sem a chave do apartamento, espancava a porta com punhos de marreta e aos gritos.

Entregues aos minguados metros quadrados da quitinete, os cães abandonados teriam de sobreviver como engaiolados. Eram miseravelmente infelizes. E também estressados, raivosos e barulhentos.

À espera do elevador, marido e mulher faziam de conta que não eram os donos dos animais a choramingarem. Que se danem os cachorros! Que se danem os vizinhos! Que o síndico coce as sarnas alheias! Os dois não se davam conta de que está para inventar o casal que resista a cachorros – ou a filhos – estressados, raivosos e barulhentos. Já eu passava a ter certeza de que não há vizinho que não se sinta fascinado pelo drama dos agoniados e furiosos cães de guarda do alheio.

Já com os pés na calçada, distanciei-me do casal. Despediam-se um do outro, sem na verdade se despedirem com gesto ou palavra afetuosos.

Saí para a caminhada matinal pelo calçadão da avenida Atlântica. Depois, faria as compras indispensáveis no Hortifrúti da Prado Júnior. Faço e tomo o café da manhã em casa. Cozinho uma refeição substanciosa por dia. Serve de almoço e de janta. Alimento-me raramente na rua. Não sou capaz de bater à porta do restaurante onde servi. Quem é do salão não entra na cozinha, e vice-versa. Quando viro cliente diante de garçom, ex-colega ou não, fico sem graça e, às vezes, com vergonha. A comida na vizinhança é de má qualidade. Teria de caminhar até a rua Gustavo Sampaio, no Leme, onde os restaurantes também não são bons e são caros, caríssimos. Não como mais sandubas, para ficar com a palavra da moda *fast-food*. Na Barata Ribeiro, abro exceção para os sanduíches incrementados do Cervantes. Nada a ver com os do McDonald's.

Mal a porta do elevador se fechou às minhas costas, soaram os passos meus no corredor. Eles me encaminhavam em direção à porta fatídica. Os cachorros entraram a ganir e a latir como se estivessem a auscultar — à semelhança da coruja que crocita desesperada às vésperas das trevas noturnas — o mistério do dia interminável, que os espreitava em silêncio. Os latidos alcançavam os setenta decibéis de potência. Ao pôr a chave na fechadura, dar as duas voltas rotineiras na engrenagem do tambor, fazer o ferrolho retrair, abrir a porta e liberar o peso do vácuo aprisionado, eu tive a impressão de que o Richards viria abaixo, tal a trepidação na porta ao lado e nas paredes do corredor.

Muito sossego não é de bom aviso. Na hora de faxina do corredor, os decibéis de potência subiam. O rapaz da limpeza se empolgava com a algazarra aprontada pelos cães. Encostava o cabo de vassoura na fechadura da quitinete. Os cães silenciavam. Em ritmo calculado e musical, passava a bater o cabo da vassoura contra a madeira da porta, como se fosse baqueta em tambor ou mão hábil em caixa de fósforo ou pandeiro. Os cães iam ao delírio da galera nas arquibancadas no Maracanã. Se me fosse dado o gosto pelas palavras fantasiosas, diria que os cães riam de alegria com o baticum do faxineiro. Riam às gargalhadas, e lá dentro da quitinete dançavam ao ritmo do batuque improvisado pelas pancadas do cabo de vassoura.

Nem humano nem animal sobrevivem com dor persistente. Serenamente, a dor nos espreita noite e dia e, quando lhe apraz, dá o bote, a que reagimos pelo grito, pelas lágrimas e até pelos atos tresloucados. A coruja não sabe como lidar com os segredos da noite que cai, que a liberam para os mistérios da penumbra. Os cachorros não sabem como lidar com o jovem casal, que os obriga a passar, das sete às sete, pela lenta tortura do sobreviver sobressaltado.

Vítima dos deuses, a coruja crocita mau augúrio e inspira o saber. Vítima dos homens, os cães latem em rebeldia, conscientes da condição de subjugados. Coruja e cães domésticos são animais convictos da desgraça que semeiam. A ave noturna e o cão enjaulado sofrem o medo da dor permanente e suas agruras. Se não tivessem em tão alto fervor o ofício de viver, abreviariam o tempo. Seriam suicidas.

Nenhum amanhã era consolo no corredor do Richards. Do lado de fora da quitinete, qualquer ruído a indicar a presença de ser humano no pedaço era recebido com a alegria esperançosa e vaidosa dos latidos, seguidos imediatamente pelo desespero ininterrupto dos ganidos, complementados, por sua vez, pela raiva das garras que arranhavam a pintura interna da porta de entrada da quitinete. À menor algazarra aprontada pelas duas garotinhas, que moravam com a mãe solteira na última porta do andar, os cães uivavam de alegria e de dor. Tinha trilha sonora a lenta e desenvolta conversa das duas meninas pelo longo corredor do andar.

Qualquer passarinho que pousasse na janela da quitinete (e os há por essas ruidosas bandas copacabanenses, viventes afoitos dos morros de São João e da Babilônia) era também saudado com latidos, ganidos, uivos e gemidos.

Em certo momento do fim da tarde, os latidos, ganidos, uivos e gemidos caminhavam para o fundo da quitinete. Os cachorros trocavam a porta fechada a chave pela janela envidraçada, por onde entravam o sol e o gorjeio despreocupado e feliz dos pássaros.

Por que os passarinhos vinham pousar no beiral da janela? Traziam consolo aos dois cães? Trinado de pássaro e latido de cão são línguas compatíveis? Ou desenvolvem conversa semelhante à do chinês tagarela de um lado com o norte-americano surdo do outro? Os fados não me deram o dom de ler as vozes dos animais, por isso pergunto se o enlace, a combinação e o trançado do trinado e do latido armavam um papo amigável, cujo teor e tom eu – na quitinete ao lado – queria adivinhar e ignorava.

Ou será que os latidos, ganidos, uivos e gemidos dos cães traduziam apenas a íntima inveja dos bichinhos alados? Ou será que os cães, através deles, manifestavam ódio aos donos? Clamavam por vingança. Ou, escravos da autoridade terrena, macaqueavam o gorjeio dos pássaros e, desajeitadamente, cantavam como os antigos descendentes de africanos nas plantações de cana-de-açúcar do Nordeste?

Não sou dado a feitiçarias de curandeiro ou a enredos de cartomante; acho, no entanto, que nesta vida cada animal conhece o galho onde pousar as patas para o descanso. Também conhece o recanto, onde exercitar a voz para o convívio fraterno com os semelhantes e os humanos. Não conjeturo o mundo sem a voz animal.

A imaginação do *voyeur* ficou a matutar. Se o Criador dotou os animais de voz e canto, por que o fez se não fosse para que mantivessem uma conversa gostosa, semelhante à dos amigos humanos que se confraternizam em mesa de bar ou de restaurante? Será que Ele dotou os animais de voz e canto só para que pudessem anunciar ao universo, egoisticamente, a alegria profunda e a tristeza maior?

Cobicem minha felicidade! Imitem-me.

Tenham pena de mim! Acudam-me.

Falas de mão única.

Para que ter e manter dois animais domésticos numa quitinete da Barata Ribeiro, se não for para considerá-los nossos semelhantes, com necessidades e desejos idênticos aos nossos?

Na base da mão que lava a outra, a lei de Gerson regia a portaria do Richards. Não estranhei quando o porteiro me garantiu que os inquilinos do 517 amavam os cachorros. Depois das queixas feitas pelos moradores do andar, somadas às dos moradores dos andares de cima e de baixo, os dois procuraram a nova síndica para manifestarem numa só voz de casal feliz a perplexidade. Os dois cachorros não passavam necessidades nem sofriam o peso do abandono – assegurava-me a nova síndica, uma irmã nordestina. E continuava: era preferível abrigá-los em casa, bem alimentados e salvos do frio e da chuva, a vê-los a correr pelas ruas deitando abaixo contêineres de lixo, bebendo água da sarjeta e escapando por milagre das rodas em alta velocidade dos ônibus e dos automóveis.

Não há amor no confinamento. Só dor. Na memória minha de antigo retirante, o pensar era motivado pelo galinheiro para as aves no quintal e o curral para os animais de porte ao lado do pasto. O poder do patrão sobre os animais e sobre os humanos trilha o caminho da cangalha. A morte se evidencia na entrada do animal no galinheiro ou em curral, e de irmão nosso na cadeia.

Será que a nova síndica do Richards se lembrava de que eram o dono das terras, o sol assassino e a terra árida, os três, unidos, que nos tornaram prisioneiros no torrão eleito pelos antepassados? A canção diz que chega o dia em que temos de dar adeus ao pai e à mãe, e tomar o Ita no Norte pra vir no Rio morar.

Já teria ocorrido ao porteiro e à nova síndica que foi para nos safar do capinar sozinho e da prisão da necessidade, que um dia nossos antepassados subiram na carroceria do caminhão pau de arara? O inferno é uma recordação perturbadora da infância que, ao escovar os dentes pela manhã, escondo dos olhos. Ele é o espelho, que me reflete na hora da barba. Para que tomar o Ita no Norte, se é para descobrir que curral, galinheiro e cadeia, os há por toda parte e para todos os que julgamos inferiores?

Ao constatar minha condição de carioca sem gema, pura clara de ovos batida e pronta para virar suspiro, dei-me conta – como se enxergasse uma bala de revólver que ricocheteava no espelho do banheiro – de que os cães da quitinete vizinha nunca saíam para a caminhada matinal. Tampouco saíam para a caminhada noturna.

A coruja tinha árvore e galho para o misterioso crocitar noturno. Os cães tinham a quitinete trancada como lugar da dor permanente.

Como os dois cachorros saciavam a sede e se alimentavam durante o dia? Onde faziam cocô e xixi? Quem lhes dava banho e quando? Se não fossem cachorros, mas meninos-filhos, será que o casal teria a coragem de garantir ao porteiro e à nova síndica que muito os amavam? Quem engoliria a lorota?

Meu Deus! O óbvio era ululante. Os dois cachorros viviam em cárcere privado, à semelhança de donzela de pai belzebu.

Enjaulados, os dois administravam a dor permanente de existir que, em ricochete, se investia contra o marido e a mulher nas também longas horas de trabalho. Não há sofrimento sem rechaço. A imposição da dor aos cães abria nos dois a ferida da condição humana. Eu a enxergava. Ela conduzia o corpo e o espírito dos dois para a estrada da putrefação física e moral. Haveria cura para tal desatino? Doentes, corpo e espírito dos dois já tinham ultrapassado o estágio preventivo da vacina. Não eram receptivos a fala alguma do bom-senso comunitário. Estavam a requerer a dose maciça de antibiótico, a que não tinham acesso pelo gozo no ato de crueldade.

Ao cair da noite, na visita diária do marido e da mulher ao cárcere privado dos cães, a parede que nos separa era furada pela alegria estressada e amotinada dos animais, que rastejavam pela própria dor para saudar os inevitáveis algozes. Será que o curto alvoroço noturno dos cachorros era dose suficiente para administrar a solidão diurna na farmácia e na escola pública, e para explicar o imenso amor que garantiam nutrir pelos animais?

Resolvi ficar de sentinela nas noites seguintes. Os fatos a vir confirmariam as observações do passado?

Quando as passadas aguardadas com ansiedade e desespero pelos cães soavam na câmara de ecos do corredor, era ensurdecedor o estardalhaço na quitinete vizinha. Abre-te, sésamo! E o casal entrava em casa por efeito de milagre. Aguardavam-nos os filhos sequestrados e abandonados, sedentos e esfomeados, enlameados nas folhas de jornal emporcalhadas pelo cocô, o xixi e os vômitos. Nas bocas espumantes, os ganidos se metamorfoseavam em doces palavras de agradecimento aos carcereiros. Os latidos de um se casavam aos do outro e viravam estrondos de foguete a ribombarem pela abóbada da quitinete. Os uivos se arredondavam no grito enfeitiçado do lobo que saúda a lua cheia nos céus. E os gemidos eram a forma contrita que o fiel encontrava para agradecer as benesses divinas daquele que é também o Castigador.

No prédio, só conhecíamos os cachorros pelos ganidos. São anônimos.

Como se feita de papelão, a parede divisória que nos separa só alimentava os ouvidos. Faltava-lhe o olho mágico, que preserva o interior doméstico da visita inoportuna.

Precipitei-me.

Comensal em restaurante nem imagina que o olhar distante e cerimonioso do garçom trabalha, sorrateiramente, com a habilidade e as mumunhas de detetive profissional. Minha vida mutilada pelos anos de trabalho só se desembesta com a muleta da imaginação. A velha intuição de garçom – afeito às palavras alheias, aos ruídos e silêncios dos clientes – me soprava que um estranho espetáculo tinha lugar na quitinete vizinha.

Tornei-me apêndice.

Às sete e pouco da noite, o escarcéu em alvoroço crescente dos cães – ansiosamente aguardado pelos donos e por mim – era tão substancioso quanto o jantar das sobras do almoço. Mais substancioso e absorvente que qualquer novela da rede Globo, ou reportagem das revistas em *cê*. Às escuras e em silêncio, ficava *plugado* – como dizem os meninotes nos canais de televisão a cabo.

Precipito-me.

Não havia diálogo humano na quitinete vizinha. Se por acaso marido e mulher conversavam era através dos cães e por um número absurdo de gestos e de ordens, focados exclusivamente no mau comportamento dos animais encarcerados. Os mestres agiam como robôs amestrados pelo longo e cansativo trabalho cotidiano. O marido continuava a servir os fregueses por detrás do balcão, e a esposa, tendo o quadro-negro por cenário, insistia em não querer se sujeitar à insubordinação dos alunos. Eu ouvia distintamente os estalos dos sucessivos tapas da mão humana no focinho do animal. Alguns adocicados, muitos amargos. Alguns ternos, muitos severos. No ambiente doméstico, dominava a linguagem todo-poderosa do adestramento autoritário, que era invocada como manifestação de amor junto à nova síndica e aos funcionários na portaria.

Os cães não aproximavam marido e mulher. Separavam-nos ainda mais.

Como se os quatro moradores da quitinete 517 compusessem um único casal de centauros, marido e mulher davam continuidade a um demorado processo de concórdia e de separação que começou no dia em que trocaram o primeiro olhar. Cada um dos dois seres humanos, à sua maneira, era feio. Por mais bondoso que eu tenha de ser, até porque tenho espelho em casa, reconheço que a feiura distancia o homem da mulher, e vice-versa. Feiura não põe mesa. Tolo o provérbio que diz que quem ama o feio, bonito lhe parece, ou o outro que afirma a soberania da beleza interior. Esta sempre foi escrava da beleza das aparências. Só bucho sai à rua com seu *dog* de estimação para catar namorado.

O marido, espigado, branquelo e de pele espinhenta, de olhar soturno e feições de fuinha. Sem luz própria, ele era imagem e semelhança da camisa social de tecido sintético e de manga curta, comprada na C&A. No trabalho, os braços compridos e desprovidos de músculo, flácidos, dispensavam escada e, graças ao banquinho onde subia, se alongavam em busca da mercadoria. Apanhavam as caixinhas de medicamento nas prateleiras mais altas da drogaria. Em virtude da gula atávica e da comida a quilo em restaurante de segunda, o abdômen do corpo espigado ganhou barriga, e a barriga se tornou inacessível ao cinto das calças. Ele não se fechava à altura do umbigo. Ficava abaixo, bem abaixo, e a barra da calça jeans se encardia e se desfiava ao varrer o chão sem querer.

A mulher, uma futura bruaca em busca de salvação divina. Na juventude, deveria ter entrado para o convento das carmelitas descalças, não entrou. Não deveria ter-se casado, casou. É baixa, bem mais baixa que o marido, e toda corpulenta. Os porteiros mais atrevidos da vizinhança não lhe poupam o apelido de Popozuda, que ela aceita e rejeita com a careta de bela donzela agredida por trombadinhas do sexo.

Essa atitude a salva da total falta de graça, que cerca a identidade moral do marido.

Ele escondia a passividade no trato da vida e das pessoas com as palavras e o sorriso amarelo de rapaz bem-educado e fino, no fundo, balconista no comércio carioca.

Ela é enfrentadora. Traz na ponta da personalidade, de esguelha, a revolta que não conseguiu e não consegue domar, afeita à rejeição que a persegue desde a mais tenra idade. Mas como não destacar, em corpo baixo e cheinho de carnes, o *derrière* que exorbita o feitio feminino da mulher clara para adquirir o jeitão andarilho da pata choca no terreiro, que carrega maior peso atrás que à frente do corpo.

O naco de rebeldia que a esposa assume diante dos afoitos porteiros da Barata Ribeiro e das ruas transversais indica que há lenha e fogo debaixo da aparente sensaboria do casal.

Sábado é dia de faxina. O marido trabalha na farmácia. Semana inglesa. Pela manhã, ela fica sozinha com os cachorros. Enquanto limpa a quitinete, à semelhança da doméstica aposentada do quarto andar, que diariamente passa em revista o repertório da música popular brasileira, a esposa compõe por conta própria a letra de várias canções da moda e as musica.

Tropeça e desafina em cada verso conhecido.

É penoso o contraste entre o latido bem capacitado e apurado dos cachorros e a voz de taquara rachada, esganiçada, incapaz de percorrer sonoramente uma palavra musical que seja dentro do acorde original.

Subitamente, edifício, cachorros e pássaros silenciam diante de manifestação tão profunda e agressiva de desajuste físico, emocional e moral.

Eu não esperava outra e não deu outra.

A mulher tirava da voz estridente ideias de vida nova, como se tira água potável das profundezas imprevisíveis da cisterna. Por não atingir o grau de perfeição vocal que as aves e os animais trazem de nascença, sua voz não chegava, no entanto, a afirmar a personalidade única da cantora. No momento da faxina, ela sempre sabia o que soube desde criança. Era tanta a secura da terra à vista, que ela fingia não saber que talvez pudesse haver, bem lá no fundo do poço, água que, colocada na chaleira e sob o efeito das chamas vivas do gás, viraria bolhas e mais bolhas que estourariam em fumaça e se recomporiam em fervura.

SILVIANO SANTIAGO

O que manquitolava na voz era o canto de sua personalidade feminina em fuga. Em busca de separação. Em busca de liberdade.

Distanciava-se do ambiente doméstico, criado desde o dia em que o casal juntou os trapinhos, apresentou os documentos assinados pelo fiador à família do defunto galego e assinou o contrato de locação. Separava-se do marido, na ausência presente dele.

Lembro o que tenho e não é só meu.

Lembrava-me de quando aprendi o abc com a dona Maricota. Longe das palavras miudinhas da cartilha, divididas por tracinhos e soletradas sílaba após sílaba no quadro-negro, comecei a rabiscar, em casa, por conta própria, o caderno. Pela página branca corriam uns enormes garranchos espiralados, sem pé nem cabeça, desprovidos de capricho e de rumo, que se seguiam uns aos outros, compondo afinal uma frase com sentido só para mim.

Não tinha coragem de mostrar à dona Maricota o caderno infestado de garranchos e não adiantava mostrá-lo aos meus pais. Eram analfabetos.

Os rabiscos alertas do aluno destoavam do casebre perdido no tempo e no espaço, que os abrigava e que abrigava meus pais e os dois irmãos mais novos, cinco ao todo.

A cada novo dia, ia crescendo no papel em branco a ortografia do enfado e da hostilidade aos familiares. E foi crescendo mais e mais, se agigantando, até que um dia extrapolou as folhas do caderno e ganhou todo o corpo adolescente. Foi quando os garranchos de pedra lascada do rapazinho afoito escreveram que deveria ir-me dali. Que pai e mãe não me dissessem que tinha de ficar, me iria dali. Não sabia para onde, não sabia como, não sabia para quê. Não queria saber. Sairia de casa assim, que nem os enormes garranchos espiralados, sem pé nem cabeça, desprovidos de capricho e de rumo, que se seguiam uns após os outros nas folhas e mais folhas dos cadernos, que se amontoavam debaixo do catre em que dormia junto dos dois irmãos mais novos.

CERVICAL

Distribuo afeto entre os familiares com a parcimônia de quem vai às compras em tempos de vacas magras. As vacas gordas não circulam pelas dependências do lar com a *aisance* dos modelos de alta-costura na passarela da vida. Vale dizer que a facilidade no manuseio mensal do numerário coletivo não é o forte da família. Pelo pai e pela mãe, pertencemos nós dois, filhos, a uma família de letrados pobres.

Quando chegou a hora de o jovem casal mudar para Belo Horizonte, tomaram a jardineira no interior do estado. Viajaram sem os parentes próximos e se fixaram no bairro Progresso. Tiveram os dois filhos varões em casa própria, que ficava morro acima do bairro Carlos Prates, perto de onde estava sendo levantada a igreja dos Sagrados Corações, que veio a ganhar dos fiéis, juntamente com o bairro Progresso, o nome de Padre Eustáquio. Nos tempos do prefeito Juscelino, o bonde que subia o morro passava a quatro quarteirões da porta de casa e era o principal barulho mecânico que ecoava pelas redondezas. Mais abaixo, no Carlos Prates, os moradores ouviam de vez em quando o ronco de motor do teco-teco que decolava na pista do aeroclube.

Papai – contínuo na Secretaria do Interior, salário baixo de funcionário público estadual, terno surrado e regras rigorosas na conduta diária. Mamãe – professora do Grupo Escolar Silviano Brandão, da Lagoinha, mártir em país de analfabetos pobres, modesta, disciplinada e econômica na cozinha, na limpeza da casa e na compra de roupas para a família. Poderia ter sido nomeada diretora da escola primária da rua Itapecerica, 685, onde dava aulas. Faltaram-lhe o padrinho político, a que o marido não teve acesso, e o curso de pedagogia moderna com a professora Alda Lodi, na Escola de Aperfeiçoamento.

Terminado o curso clássico no Colégio Anchieta, o filho mais velho – eu – se estrepou em posto de pouca importância na redação de jornal provinciano e poderoso nas Gerais, e por lá ficou. O mais novo – Eduardo – tinha optado por não ter profissão definida em carteira de trabalho assinada. Queria fazer literatura. Ser escritor em tempo integral. No quarto de dormir, tinha mesinha de trabalho, máquina de escrever Remington e resmas de papel em branco, que eu surripiava na redação do jornal para lhe dar de presente. Montada em tijolos empilhados e pranchas de madeira, a estante abrigava livros e mais livros usados, comprados no sebo do Amaral. Vivia, no entanto, de pequenos expedientes.

"Biscateiro" – apelidavam-no os vizinhos, também em nada favorecidos pela banha de prosperidade das gordas vacas bíblicas. Nossa rua e seus moradores nos mereciam e nós, a eles. Nunca pudemos pôr à prova a máxima evangélica de Santo Inácio: "Em tempos de vacas gordas, há que ajuntar reservas de esperança." Os suprimentos para o inverno da vida ficavam soterrados na estação magra do ano e tinham de ser desenterrados a golpes de picareta. Mandioca, inhame, cará e batata eram os ingredientes do prato de sustentação em casa. Tudo o que crescia ao vento da prosperidade nas fazendas mineiras – até o arroz e o feijão que hoje são fornecidos pela cesta básica do bolsa-família – não foi artigo de primeira necessidade até os anos 1980.

Forte e sadia, embora de compleição franzina, a família letrada mineira sobrevivia no bairro de Padre Eustáquio como os parrudos imigrantes italianos na vizinha Lagoinha. Na condição de operários da construção civil, os carcamanos dominavam este bairro desde a época em que a cidade começara a ser construída em região de bociados. Interioranos e imigrantes éramos todos semelhantes aos comedores de batata do famoso quadro do pintor Van Gogh. No entanto, os camponeses ao norte da linha do equador viviam um grau acima dos proletários urbanos belo-horizontinos.

Ao cair da noite e o acender das lâmpadas nos postes e nas casas, nossa barriga cotidiana era forrada com várias formas de caldo, chamadas de *sopa* nos cardápios dos restaurantes. Se houvesse pedaços de pão de sal em casa – e os havia, pois sempre sobravam do café da manhã –, engrossava-se a colherada de gororoba. Das vacas magras vinha o bife de sola dos almoços, ou o ensopado de alcatra picada com mandioca que, ao ser saudado pelo papai com o nome de *quibebe*, abria um inesperado sorriso pequeno-burguês no rosto da mamãe.

Recheada e assada na panela, a galinha nos espreitava nos aniversários, no dia de Natal e na passagem do ano. Se por acaso fosse servida nos ajantarados do dia 24 e do dia primeiro do ano-novo, alguém – talvez o desconfiado caçula – estrilava o apito.

– Pênalti!

A família não podia dar-se ao luxo dum *pleonasmo gastronômico*. Era com essa expressão disparatada que Dudu justificava o sibilar do apito na área coletiva da casa, ao mesmo tempo que colocava a bola na marca do pênalti para que Deus, o artilheiro-mor das pelejas mineiras, redimisse o pecado familiar na semana em que são festejados o nascimento do Menino Jesus e o novo ano.

No dia a dia da casa incrustada no alto do Padre Eustáquio, eram pequenos os deslizes alimentares e discretíssimos os espirituais. Cada um habitava seu canto de casa e de trabalho, menos na hora do jantar. Ninguém imperava à mesa. Nós quatro vivíamos na harmonia que só aparece à luz da lâmpada. Distantes da igreja dos Santos Corações, das missas, das novenas e dos milagres do padre holandês naturalizado brasileiro, não acolhíamos em casa os parentes do interior ou visitas e tínhamos pouco contato com a vizinhança.

De manhã, de terno surrado e gravata, com os sapatos de solado de borracha vulcanizada, papai capengava para o centro da cidade. Não tomava o bonde até o abrigo da praça Sete. Depois de caminhar morro abaixo, ganhava a praça da Feira de Amostras e seguia pela avenida Afonso Pena. Escalava a rua da Bahia até a praça da Liberdade, onde assinava o ponto e se entregava à rotina de contínuo em repartição do estado. Regressava ao fim da tarde com jornal carioca dobrado debaixo do braço. Tinha sido subtraído dalgum banco de espera ou de cesta de papéis.

Mamãe era a primeira a descer o morro. Às vezes, topávamos um com o outro à porta de casa. Só voltava da Lagoinha no meio da tarde. Com a pele das mãos ressecada pela poeira do giz, vinha carregada de cadernos. Não tinha pasta de couro. Trazia-os envoltos em papel de embrulho ou em saco de papel Kraft. Passava o fim da tarde a corrigir o paracasa das crianças. Vez ou outra, o filho mais velho observava seu olhar parado de aflição e de misericórdia diante do caderno aberto. Meditava sobre a utilidade do lápis vermelho.

Umas bestas quadradas, eu adivinhava em silêncio sua opinião silenciosa sobre os alunos do grupo escolar.

O biscateiro nada fazia durante todo o dia, a não ser ler livros e batucar na máquina de escrever. As folhas de papel datilografado se empilhavam na mesinha de trabalho.

Dudu passava a noite na rua. Tinha suas putinhas, de quem arrancava algum nos momentos de penúria material. Elas eram a única fonte de sustento do seu trabalho, ou lazer.

Eu mantinha minhas namoradinhas na corda bamba do amor que se faz a dois e de graça. Seduzidas e abandonadas, nunca chegavam ao estágio do noivado. Tão logo alguma delas me ameaçava com a nota de débito pelo tempo despendido a me servir do bom e do melhor, fazia-a trocar as pernas e tropeçar nalgum nó do destino. A moça perdia o equilíbrio ao meio da caminhada na corda então tensa do namoro. Tibum! Lá ia ela de vez para o fundo do oblívio. Abria vaga para a seguinte.

Não sou jornalista, sou revisor de jornal. Para todos os efeitos, trabalho à noite no prédio de *O Estado de Minas*, na rua Goiás. No andar térreo, ao lado da máquina rotativa, estão as oficinas dos Diários Associados. Não explicito minha função em público. Só o nome de quem, lá do Rio de Janeiro ou da corte da rainha britânica, comanda a empresa onde trabalho. Em qualquer alusão a Assis Chateaubriand, logo se assanham as moscas-varejeiras dos escritórios de profissionais liberais e das boas lojas comerciais da avenida Afonso Pena.

Ao me encaminhar à tardinha para o prédio da rua Goiás, sou mordido pelos olhos das formigas-quem-quem, cujo maior orgulho era o diploma de datilografia e, anos depois, o de técnica em informática. Por sorte, consegui passar por cima das caixeiras de supermercado e das professorinhas do estado. Apenas imagino as benesses amorosas decorrentes de emprego num estúdio de cinema ou de televisão metropolitanos. Estaria sendo assediado por abelhas-mestras com grau universitário.

Desde a adolescência, sou gamado por atendentes, balconistas, secretárias e telefonistas. Moças de todas as alturas, pesos e cores de pele. Sem grandes atropelos, convivia com elas pelo centro da cidade e, quando soava a sirene do desejo, podia abordar essa ou aquela. Por comodidade – a minha e a da escolhida –, acabei dando preferência às secretárias-datilógrafas. Casam melhor com minha falta de dinheiro vivo e com a desfaçatez mútua.

Depois do expediente, a namorada ficava à minha espera no escritório vazio. Tinha pretextado trabalho noturno ao patrão e, pelo interfone, alertado o porteiro sobre minha chegada depois de cerradas as portas do edifício. Tenho papai em comum com porteiros e vigias dos prédios comerciais. A mera alusão ao seu nome silencia toda suspeita. Julgam que passo no escritório depois das seis para fazer a revisão do trabalho de datilografia. Pelo menos é isso o que lhes digo. Nunca deu zebra.

Entre as quatro paredes do escritório iluminado pelas lâmpadas fluorescentes (a camuflagem não pode deixar furo), transformo a escrivaninha em cama. Afogo o ganso enquanto ela desafoga as mágoas da triste vida solitária e suburbana. Somos almas gêmeas, ao vivo e em cores. Eu roubo a ela, ela rouba a mim, e os dois roubamos o dono do escritório. Terminado o ato, vestimos rapidamente o que foi despido às pressas, passamos pelas instalações sanitárias e apagamos as luzes. Descemos o elevador como santinhos do pau oco.

Pelas ruas do centro, acompanho a namorada até a condução. Em lanchonete próxima do ponto final, posso oferecer-lhe pães de queijo, misto-quente e refrigerante. Ou, então, à porta do ônibus, passo-lhe os trocados da passagem. Não dá para mais. Tenho de *contribuir* mensalmente em casa. Já é hora de pegar no batente.

Envelheço, é claro, mas não admito em rosto e corpo de moça a sabotagem dos anos vividos – pele ressecada, rugas, seios flácidos e banha mal distribuída. Por mais que tenha admirado Michelle Morgan na juventude e Catherine Deneuve nos anos 1970, odeio as balzaquianas de que fala o famoso escritor francês. Nunca fui chegado às atrizes de Hollywood. Até as mais jovens, como Elizabeth Taylor, Marilyn Monroe e Natalie Wood, têm cara de velhas. Por causa do tipo de penteado, acho, poderiam ser minha mãe. Admiro-as pela dramaticidade, como é o caso das velhuscas Bette Davis e Joan Crawford.

Dudu diz que é preconceito tolo meu e me dá conselho.

— Nas mulheres, há que saber apreciar o arco-íris das idades com o mesmo fervor com que se aprecia o arco-íris das raças. Somos brasileiros, ou não somos? — Diante do meu silêncio, insiste: — Você não imagina como as balzaquianas são generosas!

— Você que o diga — eu dava por encerrado o papo, em óbvia alusão aos recursos de que se valeu para montar e de que se vale para manter o aparatoso ambiente de trabalho em casa modesta. Se transformados em alimentos perecíveis, máquina de escrever, estante e livros de capas ensebadas tornariam a vida de mamãe mais alegre e nossas refeições mais fartas.

Dos quatro, Eduardo é o único que não *contribui* e é também o mais autocentrado. Como bom egoísta, sabe abocanhar. Nasceu com esse dom numa família onde todos jantam o pão que o diabo amassou. Eduardo pensa nele uma, duas, três, cinco vezes ao dia. Ao cair da noite é o que é — um boa-vida. Diante da janela aberta para a manhã ensolarada, que então se transforma em espelho impiedoso da vida vivida, ele talvez se sinta um escritor triste e infeliz — um fracassado. Apesar das inúmeras tentativas, nunca conseguira emplacar um *original* seu em editora do prestígio da Itatiaia, dos irmãos Moreira, ou da José Olympio. Doía-lhe no coração a falta de capa em cores e de páginas impressas e encadernadas. A ausência do livro na vitrina da livraria Oscar Nicolai.

Guardados em pasta de escritório, adornados por títulos imensos, grandiloquentes e espalhafatosos, os datiloescritos de Dudu ganhavam poeira. Empilhavam-se em envelopes desbotados de papel Kraft, ao lado dos livros comprados no sebo com dinheiro alheio e devorados com os próprios olhos.

No meu caso, na manhã do dia seguinte já ganhava a retribuição dada pelo leitor ao jornal impresso pela máquina rotativa. Ao tomar a condução de volta a casa, depois da média de café com leite e do pão na chapa na lanchonete da esquina de Goiás com Bahia, carregava o exemplar do dia de *O Estado de Minas*, que seria presenteado ao papai à noite. Leio-o ao meio-dia, ao acordar, e o sirvo como sobremesa ao jornal carioca que ele traz da repartição. Não o rejeita, não agradece o favor. Com o dedo indicador, manda deixá-lo no assento livre do sofá.

Na verdade, o exemplar de *O Estado de Minas* não se assemelha à sobremesa do jornal carioca. É acolhido à semelhança da sopa que mamãe nos serve. Papai não a rejeita nem agradece o trabalho e a gentileza da esposa. Pede a ela para repousar à sua frente o prato fundo. Que fique à espera da gororoba esfriar.

Não sei se é por causa da condição dos dentes e das gengivas, ou se pelo estado da garganta e do estômago, sei que comida quente não lhe entra boca adentro nem lhe desce goela abaixo.

Por sorte dos filhos, mamãe nem papai adoecem. Se se entender pelo verbo *adoecer* queixar-se de doença em hora inoportuna, ir ao consultório médico ou dar entrada no pronto-socorro da Santa Casa. Não adoecem, padecem a dor em silêncio. Quando adoecerem de verdade, morrerão. Dizem que foi assim com os avôs e com os pais e que sempre será assim na família.

A longevidade sem achaques dos pais me levou à leitura cuidadosa da coluna "Saúde", desde o momento em que ela sentou praça no suplemento dominical do jornal. Capricho na revisão do texto, não passa uma gralha. A coluna é de responsabilidade de médico clínico famoso na cidade, com presença obrigatória na coluna do Wilson Frade. Ao cruzar com ele por obra do acaso, deu-me vontade de lhe sugerir tópico para uma coluna. Versaria sobre as dádivas alimentícias das tradicionais raízes tropicais. Mandioca, cará, inhame... Queria ter o bom-senso familiar ratificado pela palavra da ciência médica. Bem seja quem com os seus parece. A sugestão não foi além da ideia. O colunista continua a falar de doentes em estado de misericórdia e a discorrer sobre as maravilhas da medicina alopática, com destaque para os nomes dos remédios fabricados pelos grandes laboratórios farmacêuticos e seus efeitos terapêuticos.

Não entendo o teor da maioria das matérias que reviso. Ortografia e sintaxe é uma coisa, conteúdo semântico é outra. Não sei se há diferença significativa de linguagem nas várias seções do jornal. Todas devem se pautar pelo estilo que recebi de graça dos bons ensinamentos da mamãe. A concisão e a precisão de linguagem regem a política e a economia estadual, nacional e estrangeira, a coluna de editoriais, as cartas dos leitores (pois é, são corrigidas), os obituários, o caderno de esportes, as páginas com os roubos, crimes e incêndios – e até o caderno de pequenos anúncios que, dizem as más línguas, é a principal fonte de renda do jornal.

Depois de ter folheado às escondidas dois dos *originais* de Dudu, quis passar-lhe *O Estado de Minas* pela fresta inferior da porta. Os títulos dos futuros livros dão ideia do estilo literário do mano. Um monte de palavras altissonantes, ilusórias, faustuosas e corriqueiras. A verborragia é a marca registrada dele – palavra de revisor de jornal. O primeiro datiloescrito folheado se intitula *Nas borrascas da vida – as aventuras sentimentais duma atrevida e imprudente donzela brasileira em Bangkok*. Por que cargas d'água uma meretriz provinciana tinha aceitado o convite visivelmente inescrupuloso do pseudoindustrial tailandês, em falsa visita de negócios à capital mineira? Será que Dudu não imaginava que o tráfico de escravas brancas brasileiras corria à solta pelos Estados Unidos, a Europa e o mundo afora? Evidentemente, ele não lia jornais.

Mais sóbrio, o título do segundo manuscrito anuncia *As escaramuças fatais do destino*. Tem por subtítulo *O poder policial e o encarceramento do desejo nas masmorras da Lei*. As primeiras páginas datilografadas do romance, as do meio e as finais não destoam do que é anunciado, em letras manuscritas garrafais, na página de rosto. Descrevem as perseguições dos patrulheiros mineiros às infelizes cortesãs da rua dos Guaicurus, que se veem martirizadas no exercício da mais velha das profissões humanas. "Direito ao trabalho!", "Direito à livre circulação pela cidade!", vocifera o narrador na página final. A ação da polícia não passa de um arremedo da Justiça (a letra inicial do vocábulo vem em maiúscula por todo o manuscrito).

Nos romances a que tive acesso, os personagens femininos – dominantes na trama – são mulheres jovens e belas e cheias de bons sentimentos cristãos. São capazes de preces exaltadas na igreja do bairro, ou no cubículo alugado à beira do ribeirão do Arrudas. São criaturas cuja vida na sarjeta da boemia belo-horizontina serve para resgatar a humanidade de seus pecados. Verdadeiras rosas primaveris, elas se despetalam sob as chicotadas impiedosas das luzes frias da ribalta em *rendez-vous* de terceira categoria.

Todos vilões, os personagens masculinos não tinham sido preparados pela família ou pela sociedade para o contato com a delicada sensibilidade feminina. Homens excêntricos, brutos e endinheirados. Em detrimento dos prazeres do amor, preferem se entregar ao nirvana da bebida alcoólica ou da droga e, quando têm o numerário necessário, ao ócio do carteado e da roleta. Finda a noitada, os fanfarrões soçobram como náufragos no oceano da aurora. As companheiras são abandonadas ao deus-dará de algum jovem romântico e pobretão, tomado pela graça da melancolia e o frescor do apetite sexual. A este elas se entregam – de maneira compensatória – em doce e fraterno arrebatamento. Dudu faz o papel de *deus ex machina*.

Não funcionou o estratagema de passar O *Estado de Minas* pela fresta inferior da porta. Ao deixar o quarto para o almoço, Dudu me devolvia o jornal. Não sei se intocado, porque já o tinha manuseado e amassado suas folhas. Como a devolução não era acompanhada de gesto rude ou de palavra negativa, fiquei sem saber se estava conseguindo moldar seu estilo pela concisão e a precisão jornalística e esquentar sua curiosidade pelas circunstâncias históricas do momento presente.

Continuei a esgueirar o jornal porta adentro até o dia em que Dudu me perguntou se tinha entrado às escondidas no quarto dele e folheado os *originais*. Não sou de mentir. Respondi que tinha. Fiquei à espera da bronca. Merecida. Não veio. Veio um pedido, quase súplica de condenado à revelia. Que eu não tentasse macular a sua imaginação com as manchetes sensacionalistas e as matérias mundanas dos jornais, em especial as que se leem nas páginas dedicadas aos crimes da carne e às falcatruas dos malandros na zona boêmia da cidade.

Cada um entende à sua maneira e graça o conselho do outro. Não queria que meu mano passasse a escrever romance policial. Nem que as ruelas sórdidas da Tailândia se transformassem em ruas da zona belo-horizontina. Menos ainda queria que a cortesã de olhos puxados fosse estrangulada por algum cafetão mineiro da gema, retirado realisticamente das imediações da rua dos Guaicurus. Se adotasse outro gênero literário e guardasse o mesmo estilo, Dudu continuaria a ter o original rechaçado por editora de prestígio estadual ou nacional. Queria tão somente que acertasse o tique-taque da frase com as propriedades modernas do estilo jornalístico – vocábulo certo no lugar certo. Como não cabia a mim oferecer-me como revisor dos datiloescritos, oferecia-lhe o jornal como modelo. *O Estado de Minas* seria seu fiel escudeiro na batalha contra os moinhos de vento da palavra exuberante.

Sua imaginação era fértil; sua experiência de vida era testada pelas muitas noites felizes e insones; seu amor pelas mulheres se enriquecia com a simpatia que nutria por todos os seres humanos desfavorecidos pelo destino; seu senso de justiça era teleguiado pelos inumeráveis romances água com açúcar que lia e relia e pelas leis divinas ditadas pela Bíblia Sagrada. Teria sido um escritor de primeira plana, em tudo por tudo semelhante aos que ganhavam destaque e elogio nas páginas de cultura do jornal. Não era. Poderia ser?

Seu estilo capengava pela prodigalidade. A perna mais longa dos vocábulos proparoxítonos, nobres e decadentes –

de nítido teor ultrarromântico – comandava de maneira autoritária o passo lento, lentíssimo, do parágrafo, que carreava atrás de si o corpo nostálgico do período e a perna mais curta e sofrida da vida pregressa. O capítulo de abertura desenhava o cenário pela superabundância dos detalhes pitorescos ou exóticos e delineava os principais personagens por uma escrita suculenta que, infelizmente, nos faltava à mesa de jantar.

Sorrateiramente, tentei torná-lo consciente tanto das possibilidades da concisão estilística e do vocabulário preciso, quanto dos valores de equilíbrio, síntese e comedimento na arte da literatura. Enfim, a rica parcimônia da moderna e imbatível escrita frugal, que herdamos da imprensa norte-americana. Dudu foi insensível à minha admoestação simbólica. Abocanhava a língua portuguesa com a fome de glutão europeu do século XIX, ainda a escrever romances balofos e sentimentais, destinados às distinguidas senhoras e senhoritas da sociedade parisiense.

Não fiquei com raiva do meu irmão. Não guardei rancor. Sobrenadava a generosidade do meu gesto fraterno, até então dissimulado pelas dobras do silêncio familiar. Caso não me tivessem ocorrido duas perguntas complementares, o episódio do jornal teria ido para a lata de lixo da cozinha e se misturado com as cascas terrosas da mandioca, da batata e do inhame.

Quem sabe se os monossílabos e os dissílabos do papai e da mamãe, se as frases minguadas deles não se casavam com linguagem semelhante, que me era proporcionada pela profissão de revisor de jornal?

Quem sabe se os proparoxítonos e os copiosos parágrafos de Dudu não manifestavam repúdio ao código linguístico determinado pelos pais e o filho mais velho, dominante dentro da nossa casa?

Apesar de fraterna, não fora democrática a docência pela oferta diária de O Estado de Minas. Eu tentara fazer prevalecer o *status quo* estilístico da casa no quarto-escritório de Dudu, sem simpatia pelo que o filho mais novo representava enquanto modo de rejeição à parcimônia familiar.

Dudu perdia por três a um, sem direito de defesa. Era minoria.

Se, na hora do jantar, o papai chegava a anunciar em tom de manchete algum fato saliente do dia, logo passava para o desmilinguido corpo da matéria. Esta se reduzia a três ou quatro frases insignificantes. Enigmáticas na maioria das vezes.

Por profissão, mamãe tinha como norte a linguagem dos manuais de alfabetização, ou das cartilhas escolares. *Ivo viu a uva.* Sempre as mesmas vinte palavras que ela inculcava na memória visual das crianças com o intuito de levá-las ao congraçamento social pelo exercício da palavra escrita e pelo prazer da leitura. *Lili! Olhe para mim, eu me chamo Lili. Eu comi muito doce. Vocês gostam de doce? Vocês gostam de doce de abacaxi? Eu gosto muito.* Se os meninos e as meninas tinham palavrório rico em casa e nos folguedos e picardias, passavam a se exprimir – no quadro-negro do Grupo Escolar Silviano Brandão ou no caderno – de maneira empobrecida, bisonha e tacanha. *Suzete é a cachorrinha. Ela diz: "Toca, Lili, toca dó ré mi, fá..."*

Não era por casualidade que, ao fim da tarde, os cadernos de para-casa presenteavam a professora primária com as ofensas da mediocridade infantil. A traduzir aflição e misericórdia, o olhar parado de mamãe esquentava seu mal-estar profissional e esfriava o lápis vermelho. Questionava as falas pobres do marido e do filho mais velho e, em ato de compreensão, se compadecia da escrita macarrônica do filho mais novo.

Dudu era exceção a toda regra domiciliar.

Dedicado entusiasta da arte da palavra, trancava-se no quarto de trabalho para esbanjar frases, parágrafos e folhas de papel datilografadas. Expressava-se pela revolta ao nosso modo parcimonioso de usar a língua portuguesa. À noite, desperdiçava vitalidade, carinho e amor nas casas de prostituição da capital mineira. Num lar habitado por zumbis, era o único ser humano feito de carne, coração, nervos, sangue – e letras. Muitas letras. Ao contrário de nós três, ele era pura disponibilidade para o acaso luxurioso da Vida. Dudu perseguia um ideal que só poderia ser traduzido em palavras e atitudes excessivas.

Manhã e tarde, com a volúpia de quem tem – sem arroubos e sem gritos – de compensar a tragédia da convivência familiar necessitada, Dudu batucava proparoxítonos escaldantes na máquina de escrever. Prefiguradas pela imaginação em brasa e figuradas pelo toque-toque insano das teclas, as folhas de papel tamanho ofício – manchadas em linhas paralelas pela tinta da fita – se sucediam umas às outras, perfazendo um novo manuscrito. Um *original*, como gostava de dizer. Na verdade, era ele o *original*.

Por ser manifestação da revolta, sua autoridade não agia de maneira direta sobre nós três e, por isso, não requeria nossa aprovação. Sua autoridade era secretada como saliva pelo pai e o irmão mais velho e como lágrima furtiva pela mãe. Dos quatro, como disse, Dudu era o único que não *contribuía* para o bem-estar do lar. Mamãe o dispensou, papai o dispensava. Por motivos diferentes.

Mamãe por uma questão – ouso dizer – de estética. De estética da vida. Queria que o filho, ao ganhar o tamanho de homem maduro, continuasse a se aprimorar no ato de ler e de escrever, sem perder a meta de eterno aluno do grupo escolar da Lagoinha. Papai por uma questão – ouso dizer – de ética. Não queria que dinheiro sujo ganhasse assento à mesa da sala de jantar. Tinha o sentido profundo da função pública que abraçara ao pisar as terras da capital e entrar na maioridade responsável. Ele se tornara estoico ao se enquadrar com recato na classe social inferior, que lhe fora delegada pelos administradores da política mineira.

Na cama aquecida do bordel, o caçula era um garanhão em fuga desabrida pelos devaneios e desvarios da fantasia feminina, entregue ao tempo sem relógio do sonho. Eu tinha inveja das noites elásticas, maldormidas e prazerosas de Dudu. Vivia desapontado comigo mesmo.

Debaixo da lâmpada fluorescente, de pé, frente à escrivaninha do escritório de advocacia, com o corpo da fêmea sob controle, eu cumpria as necessidades do corpo ao ritmo da pressa e do medo. O ponteiro de minutos virava ponteiro de segundos. Milimetrava cada gesto meu, cada movimento dos amantes. As acrobacias sexuais eram transferidas para o dia de são Nunca e ficavam na imaginação pecaminosa. Se o interfone ou a campainha do escritório soassem, se estalasse a fechadura da porta de entrada... Presos em flagrante delito pelo patrão ou pelo vigia noturno. Não direi que deixava a datilógrafa a ver navios. Olhos dengosos a traíam. Não direi que eu descia o elevador com sede de sexo. O frenesi compensava a falta de encanto e de magia. À beira da enrascada, o prazer sexual equivalia a um comprimido de Melhoral. Tão logo ingerido e feito o efeito, perene era a sensação de bem-estar. A dor de cabeça fora adiada para a semana entrante.

Não me sobrava dinheiro para o aluguel dum pequeno apartamento, duma quitinete que fosse. As ruas centrais de Belo Horizonte se modernizavam. Sobrados vinham abaixo e modestos e elegantes prédios de apartamento pululavam pelo centro e pelos bairros. Pensões e repúblicas era coisa de Ouro Preto. As imobiliárias anunciavam quarto e sala construídos sob medida para profissional recém-formado ou recém-chegado do interior, para jovem universitário e para solteirão renitente ou ranzinza. Mulheres de vida independente, donas do próprio nariz, entravam no mercado de trabalho e os disputavam a tapas com marmanjos murchos.

Na velha casa de Padre Eustáquio, eu permanecia do lado de fora da modernização da capital mineira. Um espécime raro na fauna urbana. Como refúgio para os arroubos de liberdade e as volúpias do prazer, contava com as benesses oferecidas de mão beijada por advogados, médicos e dentistas confiados e displicentes.

Ao meio-dia, antes de me levantar, o corpo se desvencilha das cobertas e, de bobeira, fica estirado pela cama. De costas. Estico os braços em linhas paralelas ao corpo. Então, faço os braços estendidos dobrarem em V, apoiando os cotovelos no colchão. Entrelaço as mãos sobre o peito. Levo-as até detrás da cabeça e faço com que, em movimento de alavanca, levantem só a nuca do travesseiro, servindo-lhes de único amparo. Impulsionados pelas mãos entrelaçadas, cabeça e pescoço desaferrolham a coluna vertebral em movimento de vai e vem. Saliente por natureza, a vértebra C-7, chamada de cervical, dá estalos no momento em que o queixo atinge a parte superior do abdome. A curva torácica e a lombar ganham férias e, ao se desprender definitivamente da letargia matinal, a mente relaxada se desanuvia e, dando a mão à memória, desanda a matutar.

Nessa posição, eu passo em revista situações antigas e recentes e, sem a pressão do relógio, reflito sobre elas.

Em casa e no bairro sou igual ao papai e bem diferente dele no centro da cidade. Ao ganhar a avenida Afonso Pena, pôr o pé na praça Sete e dar de frente com o pirulito, a imagem corriqueira de meu pai, de terno velho e surrado, calçando sapato de solado Vulcabrás, é de repente recoberta pela minha, um mísero gigolô das secretárias e das comerciárias belo-horizontinas, que não tem vergonha das estripulias crepusculares, vividas sob a luz das lâmpadas fluorescentes nos escritórios de profissionais liberais.

Afinal, sou meu amigo ou amigo da onça? Não sentia remorso por ganhar uma mina na rua, ferrá-la com competência na escrivaninha de trabalho e dar-lhe liberdade de voo na semana seguinte.

À tarde dos sábados, a diária economizada de pensão na zona me proporcionava o distanciamento da tradicional parcimônia familiar. Com três ou quatro colegas de trabalho, me empanturrava com a feijoada gordurosa da lanchonete, que fica no andar térreo do Hotel Metrópole, e enchia a cara com uma cervejada de deixar o corpo molenga e zonzo.

Tu és salafra, achacador. Esta macaca ao teu lado é uma mina mais forte que o Banco do Brasil, a frase era minha? Ou apenas repetia os versos de samba famoso na época?

No relacionamento com as namoradas sou espelho do mano mais novo. Em matéria de amor, somos dois malandros de primeira. De repente, descobri a nossa semelhança, que invadiu e tomou conta da minha mente a partir do momento em que fui chamado ao telefone no jornal. Semelhança que povoou minha imaginação ao final duma manhã destas, ao estirar pela cama o corpo ainda tomado pelas penugens do sono, mas já liberado pelo estalido da cervical.

As doze badaladas da noite já tinham soado e, por isso, disse à telefonista dos Diários Associados que só podia ser engano. Ela insistiu. Meu nome tinha sido pronunciado sílaba por sílaba. Duas vezes. A telefonista deu ordem. Mandou-me subir até a portaria do jornal.

– É trote, só pode ser trote – disse-lhe, mas logo fiquei aturdido. Podia ser doença em casa. A telefonista aproveitou o silêncio momentâneo para se certificar uma terceira vez. Assegurou-me que a chamada era para mim mesmo. Aceitei que me passasse o fone.

Falava o delegado de Polícia. Disse-me que um elemento chamado Eduardo tinha sido detido pela radiopatrulha na zona boêmia. Uma meretriz de presença constante nas rondas policiais tinha feito queixa-crime contra ele. Tinha informado ao patrulheiro que todo santo dia o elemento lhe extorquia dinheiro. Encaminhado à 2ª delegacia distrital, o delegado de plantão resolvera, antes de mandar fichá-lo, atender aos rogos do acusado. Eduardo pedia para que seu irmão fosse avisado na redação de O Estado de Minas. Era o que o delegado estava fazendo.

Eu ia comparecer, ou não iria?, perguntou-me em tom de inquisidor.

Pedi que aguardasse um minuto, teria de ver a situação no trabalho. Ele respondeu que não havia pressa, estava de plantão e tinha o resto da noite pela frente. Eu lhe disse que tinha de averiguar se um colega podia me substituir. Com o bocal do telefone abafado pela mão, interfonei ao Cacá, companheiro de revisão. Algumas gralhas a mais na edição de amanhã do jornal não vão acabar com o mundo. Feito o acordo interno, retirei a mão do bocal e pedi ao delegado para aguardar minha presença. Repetiu que não havia pressa, que tinha... Interrompi-o, solicitando para não tomar providência ou decisão alguma. Que detivesse o mano apenas para averiguação. Eu honraria o valor do *empréstimo* – foi a palavra que usei, sem mesmo saber se teria no bolso o montante necessário para ressarcir as duas dívidas. A contraída por Dudu com Mercedes, era este o nome da meretriz, e a que eu acabara de contrair com o delegado de plantão.

Na delegacia, meu irmão estava sentado num banco junto à parede lateral. Vestia-se de maneira modesta e despretensiosa. Apresentei-me ao delegado e lhe perguntei se podia levar um particular com o mano. Tinha de inteirar-me do sucedido. Ele aquiesceu de boa vontade. Confiava no bom-senso meu, de jornalista dos Associados. Não titubeei.

Encaminhei-me ao banco onde o mano me aguardava. Saudamos um ao outro como sempre nos saudamos, de longe e só com palavras insignificantes. Sentei ao lado dele. Não precisei fazer perguntas sobre o ocorrido. Apavorado, ele queria se abrir. Disse-me que não entendia mais a companheira. Estava tudo combinado e planejado. Eu não sabia o que ele tinha combinado e planejado com a companheira. Demonstrei curiosidade.

– O casamento – respondeu-me de bate-pronto.

Assustei-me.
– Com uma puta?
– Olhe o linguajar, mano. Não estamos no jornal.
– Com moça de vida fácil? – corrigi-me.
– Vida difícil, mano. Muito difícil.
– Com Mercedes?
– Mercedes é nome de guerra. Com Maria Aparecida, Cida.
– Se a vida de Cida é tão difícil, por que foi achacá-la?
– Olhe o linguajar, mano. Não se trata de achacar. Não abro a bolsa dela e tomo dinheiro à força. Conversamos muito, antes e depois do trabalho. Faço-lhe companhia, como marido faz companhia à esposa. Falo dos meus livros, da minha vida no Padre Eustáquio, da mamãe, do papai e até de você. E só aí que lhe pergunto se dá para dispensar algum.
– Maria Aparecida é moça que preste?
– Olhe o preconceito, mano. Presta tanto quanto você ou eu.
– Perguntei se prestava para ser esposa e mãe dos seus filhos, meus sobrinhos. Costumes, noitadas, bebidas alcoólicas, drogas injetáveis, doenças venéreas de todo tipo... – parei a enumeração. Vi que sombras negras tomavam conta do rosto então sombrio de Dudu.
Ele abanava a cabeça, enxotava para bem longe minhas palavras estouvadas e, em monólogo quase inaudível, dizia que não podia ser eu que estava falando aquelas bobagens.
– Conversaremos em casa – propus, em tom conciliatório.
– Conversamos em casa.
Encaminhei-me à mesinha do delegado de plantão. Frente a frente, solicitei que me passasse os dados da ocorrência. Sem meias palavras respondeu-me que o elemento vinha extorquindo dinheiro de uma conhecida meretriz.

— O mano me garantiu que se trata de um empréstimo... Vão-se casar. Ele não tomava dinheiro da companheira. Era tudo parte de uma combinação, de um plano, abençoado pelos nossos pais.

— Se é o senhor quem diz, sou obrigado a acreditar. Mas a moça — ele mudava o tom e o palavreado — não me parece boa bisca. Mas quem sou eu para julgar seu irmão e a noiva dele? Uma vez não são vezes, ou são?

— Vou procurá-la pessoalmente e me responsabilizarei pelo empréstimo contraído pelo Dudu. Quanto ao casamento, só Deus sabe, e o vigário da paróquia de Padre Eustáquio... — tentei amaciar o clima sufocante que nos cercava, adensado pela população de policiais, prostitutas, bêbados, drogados, batedores de carteira e proxenetas.

— Uma porta se fecha, outra se abre — o delegado insistia no tom profético.

Voltei ao banco onde Dudu estava sentado.

— Vamos. Está liberado.

O trabalho de revisão me esperava. Esqueci-o nas mãos do Cacá. Seria afetuoso com o mano.

À saída da delegacia, passei-lhe o braço direito pelos ombros combalidos pelo estresse e a noite na delegacia. Ele correspondeu, passando o braço esquerdo pelo meu pescoço, acariciando-me a cabeleira. Estávamos tão próximos quanto gêmeos xifópagos.

Eu me chamava Eng e ele, Chang. Tínhamos nascido colados pelo ombro. Em Sião — na distante e exótica Tailândia. Saímos abraçados da delegacia e decidimos fazer a pé o longo percurso até em casa. Lá no alto do Padre Eustáquio, a aurora do novo dia estaria a nos esperar.

CEIÇÃO CEICIM

Para Regis, um rosiano de marca

Não me envergonho, por ser de escuro nascimento. Órfão de conhecença e de papéis legais, é o que a gente vê mais, nestes sertões.

PALAVRAS DE RIOBALDO, em *Grande Sertão: Veredas*

Para tudo tinha resposta. "Não sei não." "Sei sim." *Ceição*. Deram-lhe de menino o apelido. Aqueles que não gostavam dele, embirrados com a sua teimosia de pirralho adulto e opinativo, a não ceder vez na travessia da pinguela, a não arredar os borzeguins de onde pisam. Aqui, o capim não renascerá. Nessa terra arrasada pela fulminante renitência das patas do cavalo de Átila criança, o rei dos hunos.

Ceicim. Assim o chamavam aqueles que gostavam dele, de procedente carinho, alerta e alevantado. Admiravam no menino a franqueza testuda no *não* e no *sim*, e o invejavam. Em época de criancices, ele aparecia aos da casa e da vizinhança e também aos peregrinos como um despropósito de madureza.

Todos louvavam a Santíssima Trindade do Pai, do Filho e do Espírito Santo, que tinha baixado naquele tiquinho de gente que fora largado na porta da fazenda de Nhô Ignácio, e que, para evitar ferroada, nunca metia o bedelho em caixa de marimbondo.

Só ele, Ceição Ceicim, nenhum outro reconheceria o lugar original onde, choroso e feliz, ele tinha visto a luz do dia nos braços desajeitados da mãe sertaneja, e para onde, a tatear pelos meandros dos sonhos em noite de dor e trevas, voltaria também choroso e feliz, asseguradamente.

Era. Foi.

"Com ele não tem *perhaps*", dizia Nhô Ignácio, o pai presumível da criança, às visitas boquiabertas. Não se entusiasmassem demais com as especulações do toquinho de gente. Também não apostassem no sempre instrutivo diálogo com o órfão de ninguém com sertaneja qualquer, que sabia dizer *não* e também sabia dizer *sim*, sem misturá-los como a água e o vinho e sem pipocá-los fora da boca, como a milho estourado na panela em dias de São João, Santo Antônio e São Pedro.

"Ele é de monossílabos e de perguntas", acrescentava Nhô Ignácio a soletrar incógnitas do menino especula-cula para os enxeridos vizinhos e peregrinos. "De resposta é que ele não é. Isso eu aprendi, e sei. Cobiçante, ele põe todas as canjicas de fora num sorriso de leite, mas é avaro de palavras lacradas e de saberes encerrados. Nunca é bicho do mato ou casca-grossa. Ceição ou Ceicim, olhar doce de coração de Jesus, num corpo flechado de São Sebastião."

Nasceu da mãe que o desacolheu tão logo nascido. Não foi amamentado nem adoutrinado por ela. Nega Alva foi sua ama de leite, mãe na fome e no asseio, pai nas ilustrações, irmã mais velha na família, e companheira de folguedos, já que não havia ao redor da fazenda de Nhô Ignácio miúdos e miúdas do tamanhinho dele. Nega Alva foi seu tudo alimentício e explicativo da vida. Tim-tim por tim-tim, como tem de ser nos imprevistos de menino que sabe tudo, patati-patatá, e não sabe nada. Faminto do leite que era o Dela, mas largado por Ela no mundo da Família católica e abstinente, que nunca teria sido a dele. Não é e não será.

No dia 31 de julho, mal adentraram o bebezinho nu e solerte pela porta de entrada da fazenda, e ele já divisou as mamas fartas da Nega Alva e, de braço em braço, foi saltitando beiços para elas que nem jacatirica. Chuchava-as alternativamente como se bezerro faminto de vaca parida, até que desmaiou de farto no seu regaço.

Ao lado do amigo Salustiano, Nhô Ignácio, de lábios selados e com ohs! e ahs! nas pupilas, presenciava o dar de mamar ao camumbembe pela Nega Alva. E, no além disso, bafejava o banho em água morna do sujinho na bacia de prata da família. O vapor vaporejava da bacia no quarto fechado e a enxaguada se entornava em ondas domésticas pelo assoalho. Foi Vó Cota quem trouxe a toalha branca de algodão para envelopá-lo.

Daquele momento – Nega Alva comunicou ao seu mestre e aos demais da casa – não queria mais os filhos dela. Um por um. Não os arrenegava não, que tinham saído dos esconderijos do corpo. Tampouco era o caso de devolver um a um aos variados pais. Nega Alva foi entregá-los todos juntinhos para a tia Poloca cuidar. Destarte, iria viver só para o despecuniado.

Nhô Ignácio era solteirão acataléptico. Buscava e não achava a condição de ser marido, por isso não era genitor. Do infante Ceição Ceicim ele se autodenominava "tutor". Usava e exorbitava a palavrada que ninguém entendia e que visitas e estranhos macaqueavam sílaba por sílaba no medo de mortificar as boas maneiras do anfitrião. Tu-torto? tu-torvo? tu-torpe? Aos assarapantados Nhô Ignácio explicava que a palavra vinha do latim, *tutor, tutoris*, e significava *guarda, defensor* e *protetor*.

"Latim de causídico e não de padre", ponderava.

Nhô Ignácio era, pois, fazendeiro donzelo.

"Donzel" – cochichavam entre eles os cabras-machos sim-senhor. Pelos cantos e pelas costas, riam e piscavam do sacerdócio da música no piano com o trabalho na criação de gado, eleitos pelo patrão como finalidade da vida terrena. E, gaiteiros de água-que-passarinho-não-bebe, os cabras-onças arremedavam o epígono no seu pisca-pisca de contrários e tergiversavam ao relento:

"Ceição? Ceicim?"

Já os amigos de cheganças e de bons suspensórios tinham Nhô Ignácio na conta de Mulo.

"Mulo? Só se decepado da cabeça cabeçorra careca", retificavam à sorrelfa os rufiões com uma cusparada de desprezo na escarradeira ou, pela janela, nos lados da casa. Aludiam ao galo galhardo que gostava de ciscar e de melodiar notas de piano no terreiro das moças prendadas. Só melodiar, só ciscar. Nunca empinava a crista vermelha de guerreiro viripotente e nunca de núncaras cantou de cocoricó em cima delas.

Ao invés, no salão de música e em companhia do colega Salustiano, Nhô Ignácio teclava o piano e lhes ofertava modinhas, valsas, polcas e mazurcas. Era Vó Cota quem vinha arrematar o sarau vespertino oferecido pelos dois mancebos às desveladas mocinhas casadoiras, servindo chá de capim-limão e biscoitinhos de araruta.

Do mesmo modo como nasceram homens, animais e árvores, Ceição Ceicim veio à luz no abençoado e fértil primeiro dia da criação. A semente caiu das mãos de Deus Nosso Senhor Jesus Cristo na terra e vicejou Adão e brotou animal e cresceu planta. Ninguém sabia de quem era – no real verdadeiro – a aguinha que tinha fertilizado o barro humano, onde tinha sido gerado o bebezinho nu e solerte. De que grota arredada do sertão ele tinha vindo nunca ninguém ficou sabendo ao certo. Nem da vera mãe e do vero pai se saberia para todo o sempre. Ninguém se lembraria do santo do dia, de quem, na pia batismal da capela da fazenda, o enjeitadinho tinha recebido o nome, logo esquecido de todo mundo nas redondezas, e só relembrado por Nhô Ignácio, padrinho e depois tutor.

Para todos era Ceição ou Ceicim, conforme. Não era de longes terras. Era dali das circunjacências. Se do norte ou do sul, se do oeste ou do leste, nenhum orago influenciava.

Sabia-se que a madrugada 31 de julho da sua aparição fora esplendorosa e em nada por nada hibernal. Estrelada que nem o dossel azul-marinho do altar de Maria Nossa Senhora Imaculada na capela da fazenda. Madrugada de lua minguante, sem vento e de calor úmido, anúncio de chuva. Sem orvalho. Tinha sido abandonado peladinho e moreninho no topo dos degraus de entrada da casa do fazendeiro acataléptico e donzelo. Carinha sisuda de sono e sonho. Sem choro nem riso. Só famélico.

Foi tomado como dádiva de Deus Nosso Senhor Jesus Cristo a Nhô Ignácio no dia em que ele colhia a primavera dos 44 anos.

Descendência nenhuma não seria mais o caso daquela família de avó viva e sem netos, de homem donzel Mulo sem esposa e sem prole. O bebê era filho de mulher sem ter sido desabrochado da semente do seu guarda, defensor e protetor. Chegara como viera ao mundo.

Disseram que de nascituro o infante já tinha o ouvido tão receptivo e afinado que escutava um que o achara à porta da fazenda – e tinha memorizado: "Não sei não." Escutara outro que o encarara envolto na toalha de banho de algodão branco da Vó Cota – e tinha memorizado: "Sei sim."

Quem mentia? Todos os que o tributavam, todos os que o sagravam mentiam, cada um a seu modo, menos ele que tinha escutado e gravado as primeiras e definitivas palavras da sua vida.

Instado pelo bilu-bilu da Nega Alva, nada de balbuciar nome de mãe ou nome de pai.

"Ceição", "Ceicim" – foram os primeiros e definitivos ceceios dele diante de Nhô Ignácio, embasbacado. Parecia bebê-macaco a se dependurar nos dois cipós de vozes contrárias que o ajudariam a grimpar moreninho e selvagem na árvore da sobrevivência em família abastada e patrícia.

Depois de ter sentido o carinho das gengivas infantis a esfolar-lhe a carnadura preta do seio, Nega Alva fazia-lhe agrados nos lábios ainda úmidos de leite. Tinha o bilu-bilu Ceição, tinha o bilu-bilu Ceicim, do mesmo modo como as pétalas são despetaladas ao som de malmequer e de bem-mequer. Depois, Nega Alva se esquecia dos agrados e ficava a jogar jogo sem baralho com o infante. Só o atendia nos gemidos.

"Tadinho do Ceicim", Nega Alva pensava em voz alta invocando o olhar caritativo das divindades africanas. "Sabe e não sabe de onde vem. Sabe e não sabe de onde vem o bem. Sabe e não sabe para onde vai o mal expulsado pelo bem."

Ceicim não escolheu um dos apelidos para se afeiçoar. Queria os dois para si. Cada um ao seu modo e lazer.

Gritava "Ceição" na imensidão da chapada que se descortinava aos seus olhos e se deixava encurtar pelo azul do céu que, no horizonte, beijava a verde planície. As duas sílabas se desprendiam do chão à sua frente, desembestavam pelo pasto dos bois que nem parelha de cavalos pégasos e se desdobravam, enroscando-se uma na outra, em eco no eco do eco celestial.

Gritava "Ceicim" à boca do despenhadeiro povoado de carniça e de esqueletos, onde boi morto era jogado e sepultado, onde era despejada a carga de lixo da carroça, e na companhia das duas sílabas o corpo dele e a sua alma, conjuntamente, se arrojavam em busca do bem-estar que estaria nas grotas do mundo campo santo, devassado pelos olhos humanos do nome.

Invertia os gritos e as paisagens.

Encantava-se com os ecos infinitos do espaço, que enchiam coração e alma com vozes suas infantis. E destrinchava nas respostas da natureza o marulho do mar que ouvira no búzio, que sua avó presumível tinha trazido da capital marítima do Brasil, quando para lá viajou em companhia do amigo Salustiano. O que o olho não vê, enxerga o ouvido.

A trombeta do búzio, multicolorida de madrepérola e enroscada em si mesma, encimava seis pezinhos encardidos e encarquilhados de bode. Vó Cota encostava a campânula do búzio no ouvido dele, colava-a, para que sozinho escutasse bem nítido e autoritário outro *sim* e outro *não*, que foram soprados de distantes areais e de outras águas, salgadas de Atlântico sul.

Boa de santidade pia, Vó Cota acreditava que, ao ouvir na campânula do búzio o marulho marítimo do oco do mundo, o menino esqueceria o *sim* e o *não* das terras pastoris que o viram nascer sem tê-lo abrigado com o nome original que teria sido o vero dele se dado por Ele-e-Ela, os pais naturais, combinadamente, no instante do aliviamento.

"Ceição Ceicim só pode ser nome de passagem", pontificava Vó Cota de búzio na mão.

Nega Alva se benzia e dizia "Cruz-credo, Virgem Maria", e aconselhava ao Ceicim que guardasse o búzio léguas mais léguas dos olhos e dos ouvidos. De preferência o quebrasse sem querer em mil e um cacos e os jogasse na carroça para serem atirados no despenhadeiro. Deu o conselho desaconselhável a Ceicim, e saiu correndo da cozinha.

Ela foi levar uma, não, duas, três velas para o buraco escuro que tinha cavado no tronco do buriti, que nem oratório. Acendia as três velas para o Pai, o Filho e o Espírito Santo, e fazia o pelo-sinal-da-santa-cruz aprendido dos missionários nas velhas terras africanas, e repetia:

"Mandinga das praias do verão. Mandinga das praias do verão, t'esconjuro!"

Ceição Ceicim não apanhou o conselho desaconselhável que a Nega Alva lhe deu. Até *sem querer* ele não era traquinas.

Não apanhou a razão das velas acesas no buraco do tronco de buriti, menos ainda abraçou o sentido dos sinais apressados e toscos dos braços negros e carnudos que se abriam e se fechavam, ou o motivo da ira nos olhos de Nega Alva.

"Sei não."

Sob os olhos abençoados e pios da Vó Cota, o encantado ainda dormitava com o búzio. O menino sonhava com o doce alvor dos dentes sorridentes de dentadura que, ao se abrirem, escandiam: "Escute, Guinacim. Es-cu-te! Vó Cota trouxe para você, só para você, este presente magnânimo da viagem à capital marítima do país."

"Sei sim."

Acordado no dia seguinte, Ceição Ceicim saía em busca da Nega Alva para lhe perguntar se em todas as manhãs de mar apareciam nas praias do verão búzios assim tão belos e luzentes, búzios que a gente podia catar com as mãos nos areais que nem libélula ou sanhaço nos céus.

Nega Alva respondia que em matéria de búzios só o Beiçudo sabia do certo acertado e concertado. E com o Beiçudo não se pergunta o preço nem se acertam contas. Isso até que chegue o dia do juízo final, quando se recebe o preço da vida e se acertam débitos e créditos. Mas o humano homem, desde que for gente, sairá sempre devedor no vermelho, se não se pegar firme com todos os santos e as santas da folhinha e mais o Nosso Senhor Jesus Cristo, filho do Deus Nosso Todo-Poderoso e irmão do Divino Espírito Santo.

O menino insistia, perguntando sobre a aritmética do Beiçudo. Pergunte ao tutor Nhô Ignácio, dizia ela. Que ela não tinha sabença de doutor nem lousa nem giz.

"Guinacim!" Era assim que, num conturbado modo especular, Nhô Ignácio chamava para junto de si o filho de ninguém. "Guinacim, venha cá" (nunca acrescentava: "meu filho." Às vezes se perturbava e dizia: "Infante meu, venha cá"). Nhô Ignácio lhe diz que, na aritmética do Beiçudo, se de mil se tiram novecentos e noventa e nove fica mil invertido. Aproximou-se da lousa sobre o cavalete, pegou o giz e escreveu: 1000, embaixo 999. Passou um traço, e embaixo do embaixo escreveu 0001.

Ceicim compreendeu direitinho, já que na contagem dos animais pelo capataz tinha ido gravando nos olhos os algarismos de um a não sei quantos. Ainda nada sabia das letras do alfabeto. Quando chegasse o dia qual de conhecê-las, saberia colar de tal modo as letras nos olhos, que nem a mais sabida delas lhe escaparia na hora da soletração.

Ceicim achou que a cifra 0001 tinha a cara do primeiro e único companheiro de folgança que ele tinha na fazenda – o Monstrenguinho. De nome dado não se sabe por quem, por ser cão feio que nem o diacho.

Pouco a pouco o cachorro foi perdendo a serventia de pagodeiro e o faro. Deu de envelhecer caquético e apressadamente. De agora, com o rabo entre as pernas, Monstrenguim passava pelo companheiro Ceicim, sem o açular. Buscava o canto da casa, onde poderia deitar e dormitar. Outrossim, saía afora da casa pela porta da cozinha, contando os passos. Ao contar os passos, vadiava sozinho e tristonho pelas alamedas do quintal de flores e árvores frutíferas.

Monstrenguinho só ganhava a lepidez antiga e alegre quando o amigo Salustiano saía para o mato com a carabina. A tiracolo ou a boldrié? Diziam *a tiracolo* aqueles que qualificavam Salustiano de cangaceiro Lampião, a grande maioria dos moradores diante de alma desapiedada no fundamento e tão enganosa na aparência. A *boldrié* era a expressão admirante da Vó Cota, reminiscente das freiras do Colégio Sion, na capital federal, onde tinha sido enviada a estudos pelo pai bisavô.

O amigo Salustiano era nem irmão nem primo de Nhô Ignácio, nem aparentado, apenasmente colega amigão da Faculdade de Direito do Largo de São Francisco e companhia dileta da Vó Cota. Depois de ter voltado dos estudos, perdidos o pai e a mãe num acidente, Nhô Ignácio se fechou por dentro da porteira da fazenda. De quinze em quinze dias percorria a cavalo toda a extensão das terras.

Já Salustiano era viajor e fidalgo, sempre companheiro de Vó Cota nas suas andanças pela capital do estado e pela federal. Segundo ela, fino no trato de perfumes e pomadas franceses. Em casa, calçava botas de cano longo, vestia conjunto cáqui e capacete cáqui de explorador no Saara. Se não fosse pela barba patriarca e cerrada, era marrom-claro de alto a baixo, quase areia.

O amigo Salustiano encantava e disputava. Encantava a todos na fazenda, menos ao Enjeitadinho. Chamava-o assim, desse nome feio, às escondidas dos mais velhos e até da Nega Alva. No aberto da fala, ria e ria a não mais querer quando se referia ao Ceição, de escuro nascimento. Nunca as sílabas *Ceicim* tinham nascido na garganta do amigo Salustiano, cruzado a barreira dos dentes alvos e saído da boca.

Monstrenguinho apostava corrida com o amigo Salustiano e sua carabina. Quem ia à frente? No momento em que o caçador disparava o tiro no meio do mato, o Monstrenguinho também disparava as pernas, querendo ser mais rápido do que a bala. Queria ser o alvo a esperar o tiro de Salustiano no final do percurso.

Lá chegado, Monstrenguinho se levantava nas duas patas traseiras. As duas dianteiras ficavam como que chamando a atenção, abanando, falto de equilíbrio. De pé, parecia homem humano estatelado e pelado – de pernas, tronco, braços e cabeça, com o peito de pele avermelhada, sem pelo, e as obscenidades à vista. De pé, parecia espantalho espantando as codornas para a liberdade.

Todos diziam que sim, que Monstrenguim queria suicidar-se, aguardando a bala do furibundo Salustiano a entrar-lhe pelo corpo adentro. Todos também diziam que sim, que Monstrenguim preferia sacrificar-se a deixar a codorna cair no chão de encontro à morte anunciada pelo homem demo com a carabina a tiracolo.

De todos os berloques que a casa oferecia ao menino para passar o tempo, o piano de Nhô Ignácio era o preferido. Trancado a chave e silencioso, tanto quanto o armário de roupa no quarto da Vó Cota, o guarda-comida na cozinha ou o guarda-louça na sala de jantar.

Sentado no chão, braços e mãos amparando o corpo por detrás e os pés estendidos para os pedais rocinantes do piano, Ceicim os pedalava que nem os pés do capataz nos estribos, tocando o animal pra frente com a ajuda das esporas. Enquanto galopava no cavalo alazão dos sonhos, Ceicim musicava de ouvido sons que lembrava. Os sons que o menino recordava eram de uma mazurca, onde a cadência acentuada levava às palmas ou ao sapateado dos pés das desveladas moças casadoiras.

Nega Alva já vinha entrando na sala de música e servia para lhe cortar a empolgação. Ela tinha medo das improvisações destruidoras do Ceição dentro de casa. Não sabia se lhe dava uma coça de mentirinha, só para que aprendesse o certo e o errado, ou se dizia a Nhô Ignácio que o infante levava jeito para a música e que alguém, ele-mais-que-ninguém-sabia-quem, tinha de lhe dar a lição dos dedos no teclado lustroso de marfim. Entre uma ideia e a outra, Nega Alva empurrava o menino para o quintal, onde ele podia maquinar o bem e o mal sem herdar os estragos do feito.

Ceicim não gostava de pedrinhas, formigas, caramujos, besouros, de tudo o que rasteja e caminha pelo chão do quintal da fazenda e é, como lhe ensinava a Nega Alva, tão ínfimo de glória a Deus nas alturas. Assim, tão logo ouvia o primeiro acorde no piano, ele voltava correndo para dentro de casa, ansiando pelas teclas brancas, que eram dedilhadas por Nhô Ignácio com a perfeição sonora da garganta de canarinhos, pintassilgos, rolinhas e sanhaços. Vez por outra distinguia o canto laudatório do bem-te-vi e o toque-toque batalhador do pica-pau e nunca pôde esquecer a martelada do grito de araponga que pulou de repente dos dedos luciluzentes.

Guinacim perguntou, Nhô Ignácio respondeu:

"É Chopin, o maior dos maiores."

Não há infância, pois, que não termine em ai! e sofreguidão.

Ceição Ceicim já estava taludinho. Ganhara corpo e peso de rapazinho, calça de suspensório. Meias brancas e sapatos brancos de primeira comunhão. Meias pretas e sapatos pretos de dia de visita. Nega Alva não ficava mais a cuidá-lo e a mirá-lo pelado na bacia cheia d'água morna, como a um doce de coco com rapadura que ganha o ponto. Dava-lhe as costas enquanto ele tomava banho, e passou a deixar que ensaboasse o corpo por conta própria, o enxaguasse e o enxugasse na toalha branca de algodão.

Nega Alva caprichou no chuca-chuca do infante e agora caprichava no topete do jovem.

Um dia Nhô Ignácio trouxe para o Guinacim uniforme azul e branco do grupo escolar da cidade e, diante do estudante vestido a caráter, bateu-lhe continência de maioridade e exclamou:

"Às ordens, meu capitão!"

O colega Salustiano viu nesgas de futuro lambisgoia nos trejeitos do jovem uniformizado, a sair da fazenda com o chofer de praça vindo da cidade e duas malas. De falso que era, Salustiano sorria que ria do jeito maluco que Ignácio encontrara para convencer o discípulo a deixar a casa e ir morar em Formiga com a família do coronel José Justino.

Nega Alva não quis presenciar a despedida. Ela sabia o que era ganhar e mais bem sabia o que era arrancar. Passou a se esconder noite e dia na casa da tia Potoca. Chorava de arrependida diante da comadre e dizia que desejava os filhos seus todos, só a eles, como o bem maior da humanidade.

Vó Cota estava sendo tragada pela doença maligna e vivia mês-sim e mês-não na Santa Casa de Misericórdia da cidade, para onde era levada e de onde era trazida em carro de praça pelo amigo Salustiano.

Guinacim foi morar na cidade num certo dia do mês-sim de Vó Cota. Dela não se despediu.

Na sala de visitas da fazenda, o tutor de Guinacim não ria, não chorava, não estava triste, não estava alegre. Contemplava o amanhecer do dia aprazado e o pular apressado e lento dos ponteiros no relógio de pêndulo. Depois de muito contemplar e cismar, o tutor engavetou e trancou as saudades no mais abscôndito silêncio das vísceras. Saudades póstumas do menino que tinha chegado sem ter sido esperado, que ia embora sem ter sido mandado e seria para todo o sempre o seu único Guinacim, perdido para uma família da cidade, de pai José Justino, que o perfilharia com o nome de Ignácio de Loyola Porroque da Silva Melado, chamado nos dantes por Ceição Ceicim.

As saudades póstumas de Nhô Ignácio não suspiravam. Estavam emperradas nos mecanismos cartoriais da família e secretamente aprofundadas pelo calor dos sentimentos que nutria pelo amigo Salustiano.

Num distante e futuro 31 de julho, ao se abrir pela manhã a grande porta de entrada da casa para o dia de aniversário de Nhô Ignácio, o passado voltaria de chofre, que nem o pé de vento que revira o mundo às avessas.

No topo da escada que dá para a porta de entrada da casa, deitado, bebê em folha, estava Ceicim Ceição, moreninho e peladinho.

De novo antigamente.

A alegria traz seus perigos à vista.

Nhô Ignácio suspirou enfim um suspiro afluente.

Este livro foi composto em Minion, corpo 11,5/15,3,
e impresso em papel off-set 75g,
em 2010 nas oficinas da JPA para a Editora Rocco.